CU00701382

Young Ladies et Kalachnikovs

Didier AMANS

YOUNG LADIES
&
KALACHNIKOVS

Editions BOD

FSC
www.fsc.org
MIXTE
Papier issu
de sources
responsables
Paper from
responsible sources
FSC® C105338

© 2018, Didier AMANS

Editeur : BOD – Books on Demand, 12/14 rond-point des Champs Elysées, 75008, Paris, France.

Imprimé par Books on Demand, Norderstedt, Allemagne

ISBN : 9782322118328

Dépôt légal : Mars 2018

A elle et à toutes les autres

Caserne Valmorin, le vendredi 19 avril 2013.

Jenny sortit de son bureau, les gars de son équipe étaient déjà partis, elle regarda en arrière avant de fermer la porte. L'ordinateur était éteint, elle laissait place nette. Son dossier à la main, elle se dirigea vers le bureau des chefs en passant devant les salles de cours, fermées un vendredi après-midi. La secrétaire du capitaine, une blonde légèrement boulotte, gironde, disait quelquefois l'adjudant en plaisantant, était toujours présente à son bureau et Jenny entendit du bruit dans le bureau adjacent où l'officier devait être en communication téléphonique. La troisième compagnie de combat était commandée par un capitaine. Celui-ci avait la responsabilité de quatre groupes, dont deux étaient en mission à l'étranger ou OPEX[1].

Jenny rentra au secrétariat pour vérifier son courrier, ne rien laisser en suspens avant son départ.

- Bonjour Sandrine, fit-elle
- Bonjour, sergent, fini la semaine ?
- Oui, je vois l'adjudant pour lui donner un dossier et je pars en vacances.
- C'est pareil pour moi, je vous souhaite de bonnes vacances.

La secrétaire ne put s'empêcher d'avoir un brin d'envie devant cette fille au caractère bien trempé. La sergente Jenny Canuto était brune, mesurait dans les cent soixante-huit centimètres. Le Jiu-Jitsu avait modelé son corps et, associé au sport sur la caserne, son corps musclé pouvait paraître un peu épais, ses cuisses étaient puissantes, mais les arts martiaux lui donnaient une légèreté qui la rendait désirable. Sous son front dégarni par des cheveux tirés en arrière, et noués par un élastique, elle avait de grands yeux gris foncé en amande et profonds. Un nez rond joliment dessiné apportait un peu de tendresse dans son regard pur et volontaire. Une bouche étroite, avec des lèvres fines mises en valeur par des dents supérieures très légèrement avancées, finissait de former un séduisant visage. Un teint mat et

---

[1] Opérations extérieures

quelques taches de rousseur sur le haut de ses fossettes soulignaient le mélange de ses origines espagnoles par son père et normandes par sa mère.

Il n'y avait pas beaucoup de femmes dans la caserne, et Jenny était le type de fille que Sandrine aimerait connaître un peu plus, mais elle ne pourrit jamais lui avouer son homosexualité.

Elle suivit du regard la sergente et la vit s'arrêter devant la porte de l'adjudant Barenne, son chef de groupe, il gérait trois équipes dont la sienne.

Jenny était devant la porte, respirait profondément comme si elle était en séance de yoga, tendue. *Ça ne me ressemble pas, même quand je sais que je vais prendre un savon, j'y vais franco, advienne que pourrait. Là, je m'en veux de ce que je vais faire.*

Elle était dans un sale état, le treillis tout neuf de son dernier paquetage faisait triste mine. La nouvelle tenue, la Félin T3, se composait d'un pantalon plus large que les anciens, et d'une veste qui se portait droite sur les hanches, non retournée vers l'intérieur. Deux larges poches étaient disponibles au niveau du bassin. À croire que les états-majors avaient dessiné ces treillis pour tromper l'ennemi, le pantalon de l'ancienne tenue était vraiment moulant, et la veste remontait au-dessus des fesses, le ceinturon soulignant la taille. Les filles ne pouvaient ne pas voir les coups d'œil du personnel masculin. Jenny n'avait aucun complexe avec son gros cul et ses cuisses musclées. Donner des coups de pied tendus dans un punching-ball à hauteur de tête était une distraction dont elle ne pouvait se passer, et les conséquences en étaient certainement sa taille quarante-deux, pour ne pas dire du quarante-quatre.

Ses chaussures ne brillaient pas. En cuir gras, résistant et imperméable, elles présentaient une doublure en Gore-Tex intégrale pour protéger du froid. Les semelles étaient adaptées à la marche sur les terrains pierreux.

Mes galons dorés en forme de doubles chevrons sur mes épaules me manqueront, j'en avais ressenti une telle fierté quand je les avais perçus à la sortie de mon séjour à l'école des sous-officiers. Elle sentait monter l'odeur de la poussière collée à la sueur de la journée. C'est ce qu'elle aimait le plus dans son boulot, finir la journée crevée, vidée et poussiéreuse de ses efforts. Elle mit sous son bras gauche son béret bleu foncé, orné d'une cuirasse d'or ornée d'un casque, - un pot-en-tête d'après l'héraldique, frappa à la porte de l'adjudant et rentra dans son bureau.

- Mon adjudant, je vous apporte mon rapport de la semaine.
- Asseyez-vous, sergent Canuto.

Le bureau de l'adjudant était dégagé du superflu, un dossier cartonné rouge fermé par les élastiques et deux photos, dont l'une de ses deux enfants. L'autre montrait une réunion de vieux soldats dans un désert en Afrique, elle trônait devant une figurine 1/6e du Famas[2]. Il travaillait sur son ordinateur portable ouvert devant lui. Les rubans de la médaille de la défense nationale, ainsi que la médaille outre-mer avec agrafes Tchad et Somalie ornaient son treillis. Une pucelle du régiment, rouge et vert foncé était accrochée sur le rabat de sa poche poitrine droite.

Ses cheveux légèrement grisonnants et sa barbe donnaient une bonhomie et un paternalisme qui avaient souvent réconfortée la sergente. Une dague était accrochée au mur derrière lui, dans un étui en bois sculpté sous des couleurs vives dont l'origine, - *le clan Majeerteen, ayant sévi dans la région du Puntland au nord-est de la Somalie* - était gravée sur une plaque de bronze. Une poignée en corne de zébu donnait une idée de la puissance de cette dague. Un souvenir qu'il avait ramené très certainement d'une campagne en Afrique.

---

[2] Fusil automatique utilisé dans les armées françaises

Jenny tendit à son chef de groupe le compte rendu comportant les occupations réalisées par son équipe dans la semaine. Elle avait triché comme d'habitude sur l'état des séances de sport. Les dix kilomètres journaliers avaient été courus, mais le mercredi, un match de basket avait remplacé le parcours d'obstacles. Ce n'était pas noté dans le CR. Jenny savait que l'adjudant n'était pas dupe. Il y avait eu aussi une séance de Techniques d'Interventions Opérationnelles Rapprochées, le TIOR qui consistait à du combat corps à corps. Les soldats s'équipaient de protège-tibias, les garçons de coquilles et les filles de protège-seins. Ils répétaient inlassablement les techniques à mains nues, avec des bâtons de défense ou matraques, puis en utilisant des armes létales telles que poignards ou armes à feu.

Dans ces exercices de TIOR, celui que Jenny craignait le plus, c'était Durand, le connard de son groupe, ça le faisait chier d'être commandé par une femme. Il tapait fort quand elle tenait le bouclier et il y avait de la colère ou de la haine dans ses yeux. Elle ne savait dire s'il lui en voulait ou s'il était amoureux de son sergent. Quand c'est elle qui était du côté du bâton, elle se faisait un plaisir de lui en retourner autant.

Même lui allait manquer à Jenny. Alors les autres, n'en parlons pas.

Il était notifié dans son compte rendu les séances d'instruction théorique. Cette semaine, le sujet portait sur les embuscades, en réaliser et évidemment les déjouer et s'en protéger. Il y avait aussi toutes les semaines une ou deux séances d'anglais.

- Vous avez nettoyé votre VAB[3], sergent ?
- Oui, mon adjudant, les pneus sont bons, ils peuvent encore faire une campagne en Afghanistan.

---

[3] Le Véhicule de l'Avant Blindé est le véhicule de transport de troupes le plus répandu dans l'armée française

11

- Oh ! C'est terminé, Tora ou la Kapisa. Pour les prochaines ballades, on retournera certainement en Afrique. Personnellement, je préfère.
- Les Famas sont nettoyés et stockés à l'armurerie, continuait-elle de rendre compte. J'ai pu tirer trois cartouches au PGM Hecate au stand de tir, c'est impressionnant.

Elle pensait à ce fusil de précision, normalement réservé pour les tireurs d'élite, il était bon de se familiariser avec tout type d'armes que l'on pouvait rencontrer sur un théâtre de combat. Il y avait même des Kalachnikovs et les soldats devaient connaître son maniement, l'AK47 étant l'arme la plus répandue dans le monde.

- Bien je vous souhaite de bonnes vacances, vous m'aviez parlé un jour de faire une croisière dans les Fjords du nord de l'Europe avec votre père, vous allez vous promener en dehors du territoire, peut-être ? Ou alors vous allez faire de la plongée quelque part en Méditerranée ?
- Non, mon adjudant, répondit-elle avec une sueur froide dans le dos. Je rejoins mon père à Paris et on part sur la côte à Fécamp, chez ma grand-mère.

Il se doute de quelque chose, je lui avais parlé d'un voyage similaire au début de ma convalescence. Je pensais que le froid et les immensités glaciales du nord de l'Europe auraient gelé mes tristesses et mes haines. J'avais oublié ce voyage, plus tard.

- Bien, vous donnerez mes amitiés à votre père.
- Merci mon adjudant.
- Vous pouvez disposer, Canuto.

Elle se leva et sortit du bureau.

Elle avait du respect pour l'adjudant Barenne. Il était correct, il l'avait accueilli comme un sergent avant tout, plutôt que comme une fille, après ses années à l'École Nationale des Sous-Officiers d'Active, l'ENSOA de Saint Maixent.

Sept mois avant, elle pensait qu'il avait pesé sur la balance pour sa réintégration dans un groupe de combat. Les docteurs lui disaient *inapte temporaire* pour Vigipirate, les officiers lui proposaient les transmissions ou d'autres voies de garage. L'argument *temporaire*, par définition disant qu'elle pouvait retrouver son aptitude, lui donnait le droit de continuer à exercer son activité comme avant. *Je savais ce que je voulais, ils ne pouvaient pas non plus me prendre mon travail, en plus du reste.* Il y avait eu une certaine pression médiatique sur le commandement, et ils avaient finalement autorisé la sergente à réintégrer le groupe de combat. Elle n'avait par contre toujours pas récupéré son aptitude à Vigipirate ni encore moins à une OPEX.

C'était sans doute une des plus importantes raisons pour laquelle elle allait faire ce à quoi elle s'était préparée pendant ces 7 mois.

Quelle merde, tout ça, quel gâchis. Elle avait une belle carrière en vue, cette fille, se disait l'adjudant Barenne. *Je ne suis pas sûr que les gradés prennent le risque un jour de la renvoyer en OPEX. En a-t-elle conscience ? Si c'était le cas, elle en foutrait un drôle de pataquès !*

Elle a un sacré caractère, avec un charisme pas possible, elle obtient ce qu'elle veut de ses gars, ça me fout la gerbe, cette situation. Cela ne pourra pas durer éternellement, soit les psychologues la voient capable de tenir un fusil armé dans une gare à Paris ou en Afrique, soit il faudra qu'elle trouve un autre boulot, ici ou ailleurs.

Elle est bizarre aujourd'hui, son départ en vacances peut-être ? Ce n'est pas cette histoire de séances de sport, elle sait que je suis au courant. La connivence et la cohésion apportées par les sports collectifs, c'est bon pour un groupe. Non, ce n'est pas ça.

Qu'elle ne fasse pas de conneries, bon sang.

Des signaux d'alarmes tambourinaient l'esprit de l'adjudant, mais il était très loin du compte.

Jenny en avait gros sur la patate, elle quittait les gars de son équipe, Magnin, Bernous, Marin, Ahmed, et Durand. Ils lui manqueront tous. Elle était partie en Afghanistan avec eux. Leur mission au sein du génie était la protection des équipes de déminage, quand le risque était grand sur les routes verminées. Ensuite, il fallait protéger les équipes de reconstruction quand le terrain était défoncé par des obus ou des mines.

Le déminage était assuré entre autres par le Buffalo, une sorte de tracteur équipé d'une fourche monstrueuse avec 9 dents de deux mètres, et vers le bas d'un dard menaçant appelé griffe de scarification. Longue de trois mètres, elle permettait de dégager une bombe artisanale, appelée aussi EEI[4]. L'opérateur, dans sa cabine insonorisée et blindée, manœuvrait l'engin à l'aide de caméras disposées à différents endroits.

Une fois douchée, changée en civil, Jenny récupéra son sac et sortit du quartier de la compagnie de combat du génie.

Malgré ce début de printemps, il ne faisait pas très beau, le ciel était bas. Il ne pleuvait pas mais l'atmosphère était morose. Jenny vit le vol d'une dizaine de cigognes en escadrille remontant vers le nord de l'Europe, elles arrivaient d'Afrique pour passer l'été près des moulins en Belgique. Cette vision lui remonta le moral. Elle prit cet évènement comme un bon présage. Elle admirait ces oiseaux, leur migration pour suivre la nourriture, traverser des régions inhospitalières. Elles ne sont que du gibier dans certaines régions d'Afrique. Jenny était sortie six mois avec un mécano avion d'une base aérienne, il l'avait invitée lors d'une journée porte ouverte et elle avait vu les célèbres mirages 2000 ornés d'une cigogne. Les oiseaux fins dessinés sur les fuselages de ces avions à la ligne agressive avaient une allure folle. Elle avait revu avec plaisir cet escadron en Afghanistan.

Le septième régiment du génie était basé sur le Camp Valmorin à dix kilomètres au sud-ouest de Nancy. Tous les quartiers, équipés de

---

[4] Elément Explosif Improvisé

bureaux, de salle de cours et de chambres, s'érigeaient sur trois étages enduits de chaux blanche et couverts de tuiles rouges.

À droite, le quartier de la compagnie de dépollution, assurait la mise en œuvre des mines et des explosifs, le déminage et l'ouverture d'itinéraire piégé.

A ses côtés, trois hangars métalliques étaient utilisés pour les matériels tactiques ; les VAB, 2 Buffalos, et des chars AMX30.

La compagnie d'appui dont le quartier se trouvait à droite après le quartier de dépollution, rangeait dans les autres hangars leurs engins de terrassement, des tractopelles, des bulldozers, des moyens de forage rapide et des matériels de franchissement de cours d'eau. Le rôle de cette compagnie était de reconstruire ce que tous les autres avaient détruit.

Jenny avait passé 3 ans sur cette caserne, et elle avait aimé cette vie. Elle récupéra sa petite Citroën, et sortit du camp. *Je donnerai mon laissez-passer à mon père, pour qu'il le renvoie à l'administration. Je ne savais combien mes décisions allaient lui faire du mal. Cette nouvelle épreuve lui serait éprouvante encore une fois.*

L'appartement était complètement vide. Jenny récupéra ses trois sacs de vêtements qu'elle allait laisser à Paris, plus un sac avec le strict nécessaire. Elle avait laissé la chaîne hi-fi et la télé dans un dépôt-vente, envoyé le préavis pour son appartement, avec ce qu'il fallait sur son compte pour les trois loyers restants. Tous les prélèvements existants avaient été clôturés.

Quatre heures après, elle était rue Marie Curie à Joinville-le-Pont. Elle avait vécu toute son enfance dans cet appartement, au deuxième étage d'un ensemble résidentiel. La vie y était belle, l'école maternelle et la primaire étaient à deux pâtés de maison. Plus tard, elle prenait le bus avec deux copines pour aller au collège, elles étaient inséparables.

Jenny avait eu une enfance heureuse, ses parents n'avaient pu avoir un deuxième enfant. Sa mère, originaire de Fécamp, en Normandie, issue d'une famille de morutier avait fait toute sa carrière de sage-femme à la clinique Sainte-Christine. Son père avait travaillé dans plusieurs gares parisiennes à la SNCF, comme mécanicien soudeur. Il était originaire de Santander, capitale de la région de Cantabrie, aux portes du pays basque espagnol. Les grands-parents avaient fui l'oppression franquiste pour venir à Paris dans les années cinquante avec un premier enfant. La grand-mère était enceinte de son père qui allait naître à Paris. Jenny avait encore de la famille en Cantabrie.

Elle avait quand même quelques frères et sœurs dans l'immeuble où elle habitait. En période de Ramadan, ils avaient le droit de chanter et danser tard dans la nuit. Jenny avait appris l'arabe dans ces murs avec ses deux copines Aicha et Donia. *Qu'est-ce qu'on avait pu l'enquiquiner, Aicha, avec la chanson de Khaled.* Avec une scolarité moyenne, elle était allée jusqu'au Bac grâce aux langues. Nulle en mathématique, elle était légèrement meilleure en français. Cette matière avait pris un sens dans son esprit lorsqu'elle avait étudié *La nuit des temps* de Barjavel dans sa quatrième.

Par contre, au bac, elle possédait déjà cinq langues, le français évidemment, puis sa langue paternelle, l'espagnol. L'arabe quand elle était gardée par les mères de ses copines, puis l'anglais, perfectionné par des voyages scolaires. Elle se débrouillait en allemand, c'était quand même plus dur, par manque de pratique. On lui disait qu'elle possédait des facultés pour l'apprentissage des langues.

À sept ans, avec Aicha et Donia, leurs parents les avaient inscrites au judo, Jenny avait pratiqué quelques années pour basculer sur le jiu-jitsu. Les arts martiaux étaient devenus pour elle une vraie passion et un art de vivre. Ses copines ne l'avaient pas suivie. Faire une séance de yoga après un Goshin Jitsu, sorte de Kata d'autodéfense était une obligation pour son équilibre intérieur. Elle avait remporté le championnat de France militaire en 2011.

Jeune sapeur-pompier bénévole à quatorze ans jusqu'à ce qu'elle rentre dans l'armée, elle surpassait les mecs dans les épreuves sportives.

Sa deuxième passion découverte en Espagne, lors de ses voyages chez des cousins avait été la plongée. Jenny avait fait trois voyages en divers coins de Méditerranée où elle avait exploré les fonds marins du matin au soir. Elle n'était pas adepte de la chasse, elle emportait juste un couteau. Les grands fonds étaient pour elle un éden où son esprit vagabondait, elle se retrouvait dans un autre monde.

Son père n'était pas là, elle eut le temps de ranger ses sacs dans sa chambre. Il y avait quelques peluches sur une armoire en formica blanche, quelques affaires. Elle revenait une ou deux fois par mois en fonction de son emploi du temps. Elle avait trouvé un club de Jiu-jitsu à Nancy, mais elle aimait revenir voir son maître Kino Senseï au dojo du soleil. Sa mère disait parfois qu'elle revenait plus pour aller faire ses arts martiaux plutôt que de les voir à eux. Une coupe, quelques médailles gagnées lors de compétition d'arts martiaux, essentiellement judo et jiu-jitsu ainsi que des photos en kimono ornaient une étagère et au mur, un vieux poster d'Indochine.

En attendant son père, Jenny revoyait en détail tous les éléments de ses trahisons, elle était en train de quitter l'armée française, du jour au lendemain ; ses chefs, ses collègues, son équipe la croyaient en permission. Lundi, dans dix jours, elle devrait être présente à la cérémonie des couleurs du lundi matin et elle n'y serait pas. Les autorités la mettront en position administrative : Absent Sans Motif, ASM, cela sonne comme une injure dans cette institution qu'est l'armée. Jenny avait eu beau chercher une alternative, elle revenait toujours à la même finalité. En quittant l'armée, en cassant son contrat, elle aurait eu toutes les peines du monde à inventer son avenir, dire la vérité aurait été source d'une multitude d'avis contraires pour lui faire changer d'avis. Elle n'avait d'autres choix que de garder secret ses projets.

Elle regardait l'appartement, assise dans la salle à manger. Avant, il y avait toujours des fleurs sur la table, à la place, des classeurs de timbres en vrac, une paire de ciseaux et des pochettes de rangement pour ces morceaux de papier de l'administration postale. Deux canapés et une table de salon semblaient parler à un meuble bar sur lequel trônait une antique télévision à tube cathodique. Dessus deux cadres ; une photo ancienne où l'on voyait une jeune femme d'une vingtaine d'années en train de rire dans la vieille rue d'un vieux village. *Maman.* Elle était aussi sur la deuxième photo dans une rue de Paris, elle rigolait toujours, tenant par la main le petit frère de Jenny. Il avait huit ans, sur la photo. Ses parents avaient adopté Boladji au Bénin alors qu'il avait un an. Ils étaient allés le chercher à Porto-novo en 2003. Jenny avait du mal à se retenir de pleurer et se projeta dans le passé un an auparavant.

Un an avant
Région parisienne, le mercredi 6 mars 2012.

9 h 45, Abdullah Aziz attendait dans un Renault Trafic, rue Raymond Poincaré à Ivry sur seine, cela faisait deux heures qu'il était au silence, sans bouger, il se découvrait des capacités phénoménales depuis qu'il avait découvert la voie.

Dans une époque très ancienne, du moins dans son espace-temps, il s'appelait Benoît Ganzy. Il avait fini sa troisième dans le collège à trois pâtés de maison à côté de cette rue Poincaré. Il connaissait bien le quartier. Benoît n'avait pas une once de savoir ce que pourrait être son avenir, c'était une notion très abstraite, et les deux dernières années du collège avaient été laborieuses, ponctuées d'absences fréquentes. Sa mère travaillait à la SNCF, ses horaires de nuit lui permettaient d'avoir un revenu suffisant pour vivre mais, évidemment, l'empêchaient de, ne serait-ce que croiser son fils, encore moins s'en occuper et lui donner cette confiance que tout homme a besoin.

Le père de Benoît était parti quand il avait appris sa future paternité, l'héritage génétique ne fut pas un cadeau pour l'adolescent.

À dix-neuf ans, Benoît mesurait un mètre quatre-vingt, cheveux noirs, le visage carré et osseux, l'ensemble de son physique de corpulence maigre et son teint blanc lui donnaient cette impression d'indécision chronique le caractérisant et qui avait accentué son manque de confiance.

Suite à six années de collège, Benoît s'était retrouvé dans le lycée professionnel de Vitry, pour passer un CAP de serrurier.

Dans les rues de Paris, il voyait des jolies femmes caracoler, et lors des stages qu'il faisait avec son patron, quand il allait dans un beau quartier *pour secourir une bourgeoise enfermée dehors*, son patron s'imaginait sans doute comme un prince charmant lorsqu'il disait cela, il ne pouvait s'empêcher d'envier ce monde. Il était convaincu que ce ne serait jamais avec son petit salaire d'artisan qu'il pourrait faire plier ces dites bourgeoises. Les idoles, les gens connus qu'il rêvait de côtoyer et même de vivre dans leur microcosme, il les avait tout d'abord découverts à la télévision, ces mêmes gens qui racontaient leur réussite avec un minimum de bagages scolaires. *J'étais mauvais à l'école, je n'aimais pas l'école, mais je savais ce que je voulais ; quand on veut, on peut !* Disent-ils, certains, dénigrant l'école qui sauve des enfants dans le monde entier.

La fin de son CAP avait été difficile, les retards répétés dans le lycée et pendant les stages chez le patron étaient indices à penser que l'avenir de Benoît allait branlant.

Durant son CAP, une rencontre allait bouleverser la vie de Benoît. Émile et Jo, ils se faisaient appeler sous ces pseudonymes, et cela, déjà, commençait à donner du piment dans la vie de Benoît. Celui-ci était assez adroit dans son art, les portes récalcitrantes n'avaient aucun secret pour lui. Les trois compères imaginèrent aller visiter ces maisons que Benoît leur présentait comme des palais pour riches.

La jeune équipe avait commencé par de petits larcins, Benoît se prenait pour un artiste, *on est des génies*, se disait-il, quand ils rentraient dans un pavillon déserté par ses occupants. Le jeune cambrioleur se découvrait une belle et perverse impression de violer l'intimité de ces gens qu'il enviait et détestait à la fois. Les heures d'attente et la persévérance pour surveiller le départ des habitants donnaient de la profondeur, une certaine valeur à leurs tâches. Il fallait une stratégie complexe pour programmer le jour J et pénétrer le Graal.

Benoît passa son CAP, la théorie fut pénible. Sa pratique était parfaite, il réussit son épreuve. Celui-ci en poche, Benoît quitta son patron mais garda le carnet d'adresses sur lequel il avait notifié tous les bons plans de la région parisienne. Ils écumèrent la région parisienne et se sentaient intouchables.

Cette histoire devait pourtant mal se terminer et Benoît allait se retrouver en prison à la Santé entre 2000 et 2001.

Avant qu'il ne rentre en prison, les détenus étaient répartis dans différents blocs, en fonction de leur origine : le Bloc A était réservé pour les Européens, le B accueillait les détenus d'Afrique noire, le C attendait les Maghrébins et le D le reste du monde.

La disparition de cette ségrégation et le déménagement des détenus se réalisèrent lorsque Benoît débarqua à la santé en ce début de siècle. Benoît se trouva dans une cellule avec deux marocains de confession islamique. Benoît n'avait que très peu de rapport avec la religion. Il n'aurait aucun contact avec ses codétenus. Ceux-ci parlaient arabe entre eux et Benoît ne comprenait goutte de leurs propos. Il les voyait, de temps en temps, discuter, rigoler sur leurs méfaits qui les avaient conduits en cet endroit, avec de la violence quelquefois. À l'inverse, lors de leurs prières, il les sentait empreints de solennités et de sérieux, ces instants d'harmonie dans cette cellule l'impressionnaient. Il commença à comprendre l'arabe petit à petit.

Au bout d'un an de prison, il ressortit et ce fut la dégringolade, il avait côtoyé d'autres voyous que ses compagnons de cellule et il allait s'ensuivre une série de combines foireuses. Il avait oublié l'islam, mais pas l'arabe, le milieu de la pègre est multiculturel et Benoît allait démarrer son année 2006 en prison, la réputée dure Fleury-Merogis.

Dans son utilitaire Renault garé sur le côté droit de la voie, Abdullah Aziz l'avait volé à son ancien patron, le futur tueur regardait la rue Raymond Poincaré. Sur le bord de la voie, à sa droite, une grille en métal bordée d'arbres délimitait un parc, où le jour des enfants jouaient au ballon, surveillés par leurs nounous, où la nuit des clochards picolaient et se battaient entre eux, réchauffés par leurs chiens. Sur la gauche de la rue, un grand mur cachait à la vue la Synagogue Barchichat. Ce mur continuait sur une dizaine de mètres et faisait un angle de soixante-dix degrés avec la rue du même nom. Dans le prolongement de cette voie, à une trentaine de mètres, se dressait la porte d'entrée de la Synagogue.

Abdullah pouvait la voir de son véhicule par une mini caméra portable utilisée par les sportifs, placée sur le tableau de bord du véhicule. Elle était reliée à un écran à l'arrière du véhicule calfeutré par des rideaux intérieurs. La caméra donnait une image de la porte de la synagogue grâce à un miroir de surveillance, montrant la profondeur de la rue. Ce miroir avait été installé sans doute sur le mur pour aider un automobiliste à sortir de son garage.

En plus de son matériel audiovisuel, Abdullah était équipé d'un vrai arsenal, trois pistolets-mitrailleurs Uzi, deux AK47, deux caisses de munitions contenant des chargeurs de rechange remplis.

L'Uzi est un pistolet-mitrailleur de marque israélienne, quelle ironie ? Abdullah préférait cette arme, elle pouvait être utilisée d'une seule main. Les chargeurs étaient équipés chacun de vingt cartouches.

L'AK47 aussi connu sous le nom de Kalachnikov, ou Kalache, est un fusil d'assaut créé dans l'ancienne URSS, et fabriqué maintenant dans le monde entier. Les chargeurs, incurvés, contenaient 25 engins mortels de 7,65mm. Abdullah fit encore l'inventaire de son équipement et se reconcentra sur son objectif.

Abdullah, de toute façon connaissait l'heure à laquelle son corps musculeux et puissant allait se mettre en mouvement. Il connaissait la raison du rassemblement de certains rabbins influents sur la place de Paris et la fin de leur réunion allait se finir sur la Sha'harit, l'office du matin qui se terminerait à dix heures.

Ce corps musculeux et puissant, Benoît allait se le forger au centre de détention de Fleury-Merogis. Il avait pris de la confiance. Ces quelques années de trafics et de larcins, associées à quelques raclées le laissant sur le carreau quelques semaines, avaient augmenté un peu plus sa haine tous les jours et lui avaient donné une force de caractère qu'il ne s'imaginait pas dans sa jeunesse. Quand Benoît franchit les murs de la prison, il se jura que ce ne serait pas du temps perdu, il allait passer ses journées à mouler son corps.

Il rencontra aussi Abou Mezraoui, ce Français d'origine tunisienne n'avait aucune fonction officielle dans la prison, que sa qualité de détenu. De façon occulte, par contre, il utilisait son don pour détecter au plus profond d'un individu sa conscience réelle et il en usait à bon escient parmi les pauvres âmes du centre. La haine de Benoît, si voyante en surface cachait un grand besoin de soutien et de compréhension de la part d'une autorité supérieure, sans aucun doute une présence paternelle. Abou Mezraoui allait bien se garder d'expliquer cet état de fait à Benoît, il allait le laisser dans l'ignorance et, à l'inverse, fournir cette entraide et son appui à Benoît pour avoir une emprise sur lui et pouvoir guider sa haine où il le voudrait.

Il commença à l'amener dans les séances de prières, suivies de préceptes de survie dans ce monde. En premier, il ne parla que du bonheur de la religion islamique en lui lisant quelques versets bien choisis et bien traduits en fonction du but à atteindre. *Allah est grand* était le résumé de ces premières séances de spiritualité. Cette loi allait être assénée de multiples façons sur Benoît. Celui qui avait appris l'arabe parlé, allait commencer à lire le Coran, toujours sous l'assentiment de l'Imam maintenant à visage découvert. Benoît allait se convertir à l'Islam. Par des signes extérieurs en premier, il se laissa pousser la barbe, il arrivait à contenir et cacher sa haine. Ensuite, par ses occupations, il allait abandonner les lectures et les distractions interdites, évidentes comme des revues pornographiques, moins évidentes de prime abord comme le football, les trois mousquetaires et tous les romans du centre pénitentiaire. Benoît n'avait jamais lu les trois mousquetaires, il eut un peu plus de mal avec le football, mais il se plia à ces contraintes tellement il se sentait à l'aise dans un monde où des limites lui étaient imposées de façons rigoristes.

Lors d'une cérémonie, dans une cellule qui servait de lieu de prière, Benoît allait changer de nom pour prendre l'identité d'Abdullah Aziz. Le rituel était des plus solennels et Abdullah se trouva comblé avec l'impression de faire partie d'une famille, d'une collectivité, d'une communauté.

La deuxième étape commençait à pénétrer l'esprit d'Abdullah, elle se résumait au précepte ; *Allah est la vérité*. L'imam Mezraoui allait inculquer à son élève combien est important de diffuser cette parole dans le monde, le monde est en danger et il faut le sauver. Seuls la religion islamiste, le Coran et Allah peuvent sauver tous ces gens qui ne savent pas.

Abdullah devait être un exemple pour tous ses proches et ceux qui les côtoyaient, c'était sa première mission, déjà au centre pénitentiaire. Ses activités devaient être irréprochables. Il lui était autorisé à faire de la musculation, il continuait de forger son corps, d'autant plus que l'imam lui assurait qu'il aurait un grand avenir au sein de la communauté. Il devait se plier à toutes les obligations dignes d'un bon musulman. Abdullah appréciait ces contraintes, il les aimait, elles donnaient un sens à sa vie.

Si les incultes ne comprenaient pas la vérité d'Allah et du prophète, et la refusaient, alors la troisième idée allait rentrer peu à peu dans l'esprit d'Abdullah, sous l'impulsion d'Abou Mezraoui. *Tuez les mécréants*, l'imam allait apprendre le djihâd à son disciple. Il allait faire ressortir la haine qu'il avait réussi à enfermer dans l'esprit d'Abdullah, pour la faire ressurgir encore plus forte et destructrice. L'imam allait apprendre longuement comment reconnaître les mécréants. Ils appartenaient à d'autres communautés. Il y a deux types, racontait l'imam. L'ennemi juré de la vérité, l'adversaire ancestral, c'est le juif. L'autre, c'est celui qui veut nous empêcher de montrer la vérité au monde, c'est la police, les journalistes, certains font des dessins

25

humiliant le prophète Mahomet. Ces impies ne devraient avoir jamais existé, pour que le monde renaisse une fois guidé par la réalité d'Allah : Allah Akbar. *Dieu est le plus grand.*

En 2008, il restait un an à Abdullah à faire dans cette prison, qui était devenu à ses yeux, un havre de sérénité et de travail. Cette dernière année allait faire l'objet de la préparation d'un grand voyage vers des terres saintes, ou il apprendrait le contact avec la mort des impies.

L'imam allait lui fournir une identité, un passeport, un visa pour affaire, et durant ce voyage, Abdullah allait apprendre, se battre, voir la mort, tuer, au Yémen puis en Syrie pour ensuite faire son retour triomphant en France. Il était devenu un animal de combat. Il était prêt à semer l'enfer. Son retour était attendu, par son initiateur ainsi que par toute une organisation prête à lui donner les moyens pour accomplir sa mission.

Les forces de police et du renseignement allaient voir passer un terroriste en puissance. Abdullah Aziz fut arrêté pour être interrogé. Les services secrets des nations occidentales avaient suivi son périple au Yémen et en Syrie, ils se doutaient du but de ces voyages, mais Abdullah savait pertinemment les réponses à donner. Les Français sont tellement prévisibles, en rigolait l'imam Mezraoui. Abdullah se bornait à énoncer des activités de tourisme dans ces pays, il serait automatiquement relâché.

Allait s'ensuivre une période relativement longue, qui servirait à se préparer psychologiquement à être le plus fort pour devenir un martyr de la vérité. Abdullah allait être surveillé par des écoutes téléphoniques et une présence physique continuelle des policiers le suivant comme une ombre. C'est exactement ce qu'il allait devenir, une ombre noire qui traverserait dans les clous, jamais une injure ou un mot de travers. Il n'allait pas reprendre ses anciennes activités répréhensibles, ni côtoyer ses amis d'une très lointaine époque. Abdullah allait reprendre contact avec sa mère pour donner l'impression d'un fils irréprochable, lui mentir sur sa profession, que la prison l'avait changé et qu'il avait corrigé ses erreurs.

Abdullah, en fait, était en service commandé, il devait se montrer et apparaître comme un être exempt de tout reproche. Abou Mezraoui, lui annonçait une période de six mois minimum avant que sa surveillance accrue par les forces de police ne se tarisse faute de résultats.

Les écoutes téléphoniques étaient relativement faciles à contourner, un silence radio étant la meilleure parade à une écoute qui commençait à s'éterniser, il suffisait de passer de temps en temps un appel à sa mère.

La surveillance physique était plus difficile à contrôler. Au bout d'un certain temps, racontait l'Imam Mezraoui, nous pouvons penser à l'abandon de la surveillance. Les nations occidentales n'ont pas les moyens de surveiller en permanence tous les combattants. Les polices engagent alors des contrôles de hasard, il ne se passe rien pendant deux semaines, puis les mécréants, se mit à siffler Abou en colère, débarquent, recherchent les lieus habituels où le combattant se rend et reprennent leur surveillance pendant deux jours. Abdullah se rendit compte de la colère de son mentor, il allait apprendre l'échec d'une mission un an auparavant à cause d'une négligence du soldat de la vérité.

Mais Abdullah était sérieux, il exécutait toutes ses tâches avec obéissance et avec sérieux.

La veille du jour de son fait d'armes, Abdullah était prêt, L'imam l'avait engagé à préparer lui-même sa mission. L'organisation lui avait fourni les armes et le matériel dont il avait besoin. Il avait bien expliqué le déroulement de son sacrifice à l'imam Mezraoui qui avait été très satisfait. Il vola le Renault Trafic. Le lendemain, Abdullah allait se mettre en guerre sainte. Il avait peur d'échouer, l'imam le réconforta. Le but premier était de créer la psychose dans la population. Avec son armement et la préparation qu'il avait subie, il ne pouvait faire que du mal aux autres et du bien pour la cause.

Le temps des attentats préparés pendant deux ans par des spécialistes triés sur le volet, coûtant très cher était fini. La police arrivait à démanteler les réseaux. La population, malgré la souffrance des nombreuses victimes, savait qu'il ne pouvait y avoir un tel attentat tous les jours, tandis qu'un homme, un voisin, un Français armé de deux fusils-mitrailleurs pouvait amener la peur du fait de la facilité de préparation de l'attentat.

9 h 45, Abdullah rentra dans la cabine côté conducteur, il n'y avait personne aux alentours. Il posa son armement sur le siège passager, trois Uzis. Il pourrait ainsi tirer de ses deux mains en même temps. Il n'était pas précis dans ce cas, mais ce n'était pas le but. Il fallait faire beaucoup de dégâts, non tuer quelqu'un en particulier. Il mit le moteur en route, il savait que l'heure était arrivée, il ne pouvait plus faire demi-tour. Il lui sembla entendre le portail bouger. Il vit un gardien sortir et regarder la rue, celui-ci ne pouvait voir le fourgon dans l'angle de la rue.

Abdullah devina le vigile se retourner et autoriser les dignitaires à sortir. Le tueur commença à avancer, la rue était vide. Il s'arrêta au stop, toujours invisible du portail de la synagogue. La cible était alors à trente mètres. Abdullah avait posé le pistolet-mitrailleur israélien dans la sacoche en cuir qu'il s'était confectionnée sur la portière. L'arme était à dix centimètres de son bras gauche, le deuxième fusil sur ses cuisses. Lorsque une petite dizaine de personnes fut sur le trottoir, il démarra en trombe. Une fois dans l'axe de la rue Barchichat, Abdullah prit l'Uzi de sa main gauche et commença à tirer sur le groupe. Une fraction de seconde plus tard, il pilait devant la synagogue et tira avec la deuxième arme. Une majorité des mécréants se cacha derrière les voitures, Abdullah devina trois corps allongés sur le trottoir. Sa mission était déjà réussie, affirmerait l'imam Mezraoui, celui-ci lui avait donné l'ordre de traverser Paris pour porter la psychose dans tous les quartiers. Si tu sors de ton véhicule pour finir le travail, et qu'une patrouille de police passe par là, tu es coincé, le quartier est bloqué et c'est fini, lui avait dit Abou Mezraoui. Il faut au contraire bouger, créer plusieurs lieux de tuerie, même en aveugle, tu abats une pervenche ou un policier qui fait la circulation, et tu pars vers un autre quartier. Le mieux c'est de finir sur une course-poursuite dans les rues de Paris pour exciter les journalistes et rameuter toutes les polices de France et de Navarre.

Ensuite, continuait l'imam, tu trouves un lieu pour une prise d'otages, au hasard, tu n'as pas besoin du Ritz, ce sera ta dernière demeure avant d'aller au paradis. La tension que se mettent les populations dans le suivi des opérations mises en scène par les médias est bien plus anxiogène que le nombre brut de victimes, martelait Abou Mezraoui. Il y a dix morts par jour sur les routes françaises et les Français s'en foutent, s'il y a dix morts dans ton périple, tout le monde va crier à l'horreur.

Abdullah posa ses deux armes déchargées, il avait vu trois corps allongés, sans doute mort. Il en avait touché deux autres, il en était sûr, qui étaient cachés, sans doute abrités par leurs amis. Un coup sur l'accélérateur, et il partit en trombe, il avait réfléchi à l'étape suivante. La première chose à faire, c'était de changer de voiture. Elle l'attendait à deux pâtés de maison vers le nord. L'alerte allait être donnée très rapidement, il récupéra une Clio rouge qu'il avait louée la veille, s'empara des kalachnikovs encore chargées, il rechargea les Uzis et traversa le treizième arrondissement.

Les forces de police affluaient vers Ivry, lui les croisait en montant au nord. Il savait qu'il allait être célèbre, il décida de mériter cela en assassinant une patrouille de police sur les champs. Il roulait à faible allure sur la plus belle avenue du monde quand il vit deux

29

policiers à hauteur du showroom de la marque Citroën. Il s'arrêta, prit une AK47 et la pointa sur les deux policiers. Le temps qu'Abdullah ait eu traversé la moitié de Paris, vingt minutes s'étaient écoulées depuis l'attentat. Les policiers étaient sans doute déjà en alerte maximum, et un sixième sens leur dit qu'ils étaient en danger. Un des deux sortit son arme, il n'eut pas le temps de tirer qu'ils tombèrent tous les deux sous les balles de 7,65mm. De nombreux témoins virent la voiture qui s'enfuyait.

Abdullah avait démarré tandis qu'il voyait l'affolement monstre qu'il avait provoqué. Les gens affolés couraient dans tous les sens, deux ou trois personnes étaient tombées en même temps que les policiers. Abdullah eut le temps de voir une autre patrouille de police qui donnait sans doute un signalement du tueur et de son véhicule. Il fallait qu'il sorte de là.

Sa connaissance des rues de Paris était un atout, il avait décidé de rejoindre une ville extérieure à Paris pour déclencher une prise d'otage. Elle devrait durer longtemps, que les gens en parlent toute l'après-midi au bureau, lui avait expliqué Mezraoui, qu'ils se dépêchent d'arriver à la maison le soir, allumer la télévision et voir le dénouement juste avant les actualités. Là, c'est le summum, les actualités, elles vont durer trois heures, tu seras un héros, Abdullah Aziz, sermonnait l'imam, un peu cynique. Après tout, il parlait de la mort d'Abdullah.

Il fut pris en chasse par une voiture de police dans le 10e arrondissement, il avait déjà entendu un hélicoptère le survoler, il se doutait qu'il n'arriverait pas à Pantin ou Aubervilliers. Une deuxième voiture de police essaya de lui couper la route, elle déboucha de la droite et tenta de percuter la Clio lancée à vive allure. Abdullah réussit à l'éviter en s'engageant dans un sens interdit, il savait cette voie pas très longue, elle débouchait ensuite sur une large avenue. L'assassin vit trop tard la Sandero noire sortir d'un parking et s'engager sur la voie. Il percuta la voiture sur le côté, il avait essayé de l'éviter, et ne put voir ses occupants. La sandero fit du rodéo sur la chaussée, fit deux tours sur elle-même et se stabilisa perpendiculairement à la voie. La Clio d'Abdullah, entraînée par sa vitesse, fit un tonneau et se retrouva à dix mètres de l'endroit du choc. Il était légèrement groggy, mais encore les idées claires. Il sortit de la voiture avec deux Uzis, tira et vida deux chargeurs sur les voitures de police qui s'étaient arrêtées. Les policiers, voyant la disproportion des moyens, se replièrent en arrière et appelèrent du renfort. Abdullah prit son sac de chargeur, les cinq fusils, vit une boutique de surplus américain et s'engouffra dedans. Il était 10 h 55, Abdullah allait prendre le personnel en otage et allait se préparer à partir vers le paradis des meurtriers.

À des milliers de kilomètres de là.

Afghanistan, à une trentaine de kilomètres de la base de Tora dans la province de Surobi, Jenny se trouvait dans un VAB, au sein d'un long convoi d'une vingtaine de véhicules à la vitesse de vingt kilomètres heure.

Il faisait 7 degrés, meilleur qu'à Kaboul, il y avait encore un peu de neige sur les bas-côtés, mais les routes étaient bien dégagées. Il n'avait pas neigé depuis trois jours, le soleil brillait et ce temps devrait continuer.

Le convoi traversait les gorges de Mahipar, une route relativement droite et large, elle avait été refaite par l'ensemble des coalisés, dans cette vallée assez étroite. Les montagnes entouraient les véhicules de chaque côté, et le coin était menaçant.

Cette région, coupée en deux, le nord à dominante tadjike, était relativement calme tandis que le sud posait davantage de problèmes, surtout dans le secteur de Tagab, où l'ethnie pachtoune était majoritaire. Le coin se composait de plusieurs hauts sommets, de vallées, et de plaines centrales peu profondes. Depuis environ cinq ans de conflits très durs, le coin était devenu plus calme. Partout, les forces coalisées rentraient dans leurs pays, les forces de gendarmerie avaient encore une mission importante, celle de former les forces afghanes.

Le gros du convoi se composait de dix camions pleins de nourriture, de munitions, de matériels de rechange. Les soldats avaient récupéré ces colis à l'aéroport de Kaboul, plus au sud. D'habitude, une mission aéroportée assurait ce transfert, mais des équipements de rechange volumineux avaient nécessité un transport routier. L'ensemble du convoi était assuré par les gars du 12ᵉ RIMA. La protection était assurée par l'équipage de quatre VAB.

Jenny se trouvait à l'avant-garde, son groupe contrôlait l'absence de pièges sur l'itinéraire. Il précédait le convoi d'un kilomètre pour nettoyer la route. Il se composait de cinq véhicules, pour certains assez extravagants. À l'avant, se trouvait justement le Système d'Ouverture d'Itinéraire Miné.

Le SOUVIM ressemble à un gros insecte à deux corps. Il se compose d'un premier tracteur avec des roues gonflées en basse pression n'appuyant que très peu sur le sol, et ne déclenchant pas les mines. À l'avant de ce tracteur, une sorte de caddie maintient au ras du sol tous les équipements électroniques qui sondent le parcours. La fonction de ce premier attelage est de détecter les mines et de les marquer au sol par jet de liquide coloré. Le deuxième tracteur, à l'arrière, déclenche et fait exploser les mines.

À cent mètres de ce véhicule, le VAB où se trouvait Jenny et son groupe de combat, devait être capable d'assurer la protection du SOUVIM en cas d'attaque tout en restant suffisamment loin pour éviter les éventuels débris d'explosion.

Derrière eux, se trouvait le véhicule blindé du chef du groupe, le lieutenant Monge. Il était en relation avec le chef du convoi, et avec les PC américains et français qui géraient les drones. Ceux-ci avaient averti, en un point quarante-cinq, de la présence d'épaves sur le bas-côté. Les drones équipés en infrarouges avaient détecté une activité en ce point durant la nuit, ce qui ne présageait rien de bon.

A l'arrière du groupe, se trouvait encore une semi-remorque transportant un bouteur ultra-puissant servant à pousser et écarter une épave ou une butte de terre dans laquelle pourrait être caché un EEI. Le deuxième véhicule sur la remorque était le Buffalo servant à déterrer une éventuelle bombe artisanale. Un autre VAB terminait le groupe d'appui.

Le paysage sur cette autoroute avait bien changé. Vingt kilomètres en arrière, la région montrait une vallée verdoyante avec des rivières, de nombreux villages.

Depuis qu'ils avaient quitté ces lieux boisés et qu'ils roulaient dans ces gorges érodées de Mahipar, les soldats les sentaient, les méchants, ils savaient qu'ils étaient là.

A une trentaine de mètres à droite, coulait une rivière, les premiers contreforts étaient assez éloignés. La crainte venait plutôt du côté gauche, la route jusqu'à la base de Tora longeait une série de bosses plus ou moins longues au-delà de laquelle devait coulait une rivière, maintenant asséchée. Les soldats l'appelaient la route des chameaux. Cette deuxième vallée était très escarpée, avec de nombreuses roches immenses tombées de la falaise. Quelques grottes fabriquées au fil des siècles, sur le contrefort menaçant donnaient l'avantage aux insurgés avec des cachettes innombrables. Le soleil, en ce début d'après-midi, tapait sur cette pierre blanche et aride.

Le sapeur de 1re classe Ahmed conduisait le VAB, tandis que Jenny était à la place du passager. Le caporal Durand, l'opérateur radio était en communication constante avec le chef du groupe. Il y avait de plus, dans le VAB, une liaison directe avec un haut-parleur qui donnait au chef, le moyen d'alerter tous les véhicules par un seul message.

Le caporal-chef Magnin tenait son bébé dans ses bras, il la chouchoutait, sa mitrailleuse FN *Minimi*. Cette mini-mitrailleuse conçue dans les années soixante-dix par une société Belge, tire des balles de 5,56mm à une vitesse phénoménale. Magnin était un grand gaillard. En plus de son barda, il devait porter sa FN, la boîte de cartouche et un canon de rechange. Toutes les deux bandes de cartouches tirées, il fallait changer le canon qui avait surchauffé. Magnin était proche du record du régiment en ce qui concernait le réapprovisionnement de l'arme et le changement de canon.

Les sapeurs Bernous et Marin finissaient le groupe de combat, l'un était muni d'un Famas équipé lance-grenades, l'autre à la commande de la mitrailleuse sur la tourelle du VAB.

- Il ne va rien se passer, sergent, dit Ahmed, mi-inquiet, mi-désireux d'en découdre avec l'ennemi.
- Je ne sais pas, on doit prévoir le pire.
- Ils ont fait du bon boulot depuis onze ans. D'ailleurs, on l'a payé cher avec toutes les victimes qu'il y a eues, analysa Magnin.

Il y avait eu quatre-vingt-sept soldats français tués depuis l'installation des forces françaises en 2001.

- Vous êtes au courant qu'il y a eu un attentat à Paris, au fait, lança Durand.
- Oui, ils en ont parlé à la radio du bar, je ne sais plus combien il y a de victimes. Je dois dire que ça a fait du bien de boire une bière.
- Tu en as bu plus qu'une, je t'assure.
- C'est nul qu'on n'a pas d'alcool à Tora, ils en ont à Kaboul.
- Il y a les Américains, les Anglais, les Canadiens, et plein d'autres. C'est normal qu'il y ait des bars.
- Tu avais pas mal au crâne, ce matin, au fait, Bernous ?
- T'es chié de dire ça, tu en as bu autant que moi.
- Heureusement qu'il n'y a pas d'alcool à Tora, alors.

Jenny disait cela, mais elle était allé boire un coup avec un gars qu'elle connaissait depuis l'ENSOA, c'était bien bon de voir d'autres personnes et de boire autre chose que du coca.

- On n'est pas près d'arriver à la base, avec le bordel qui va y avoir au point 45, se plaignit Durand en rappelant cet endroit suspect.
- Il n'y aura peut-être rien, c'est peut-être une voiture en panne.
- Même si elle est en panne sur le bas-côté, il faudra l'éjecter hors de la route, il faudra descendre le *tracto*, continuait Durand.

Les soldats appelaient ainsi le bouteur.

- Ça fera du bien de se dégourdir les jambes, on y arrive dans trois kilomètres
- Regardez à onze heures, un drone nous survole, il va là-bas, on aura des infos sur le comité d'accueil qui nous attend. Magnin était impatient.
- Votre barda est prêt ! Quand ça bouge, on fonce, rappela Jenny à son équipe, pressée d'en découdre elle aussi.

Un long moment de silence s'ensuivit, où la tension monta d'un cran, il pouvait tout se passer, l'expérience de ces dix années avait montré que tout était possible.

Les soldats portaient le treillis de type Félin ainsi que des chaussures de Trekking bien adaptées au terrain. Les articulations étaient protégées par des genouillères, des coudières et des gants de combat. Ils étaient équipés avec un nouveau gilet pare-balles adapté au théâtre d'opérations qu'est l'Afghanistan.

Ce gilet était équipé de multiples poches, pour les chargeurs de rechange, une trousse de premier secours avec une seringue de morphine. Un dispositif optique pouvait s'adapter sur le fusil-mitrailleur ou sur la Minimi pour remplacer la visée classique.

Une poche d'hydratation était disposée sur le dos pour se désaltérer. Avec le casque, l'ensemble du barda pouvait peser jusqu'à trente kilogrammes. Jenny avait pour sa part un Famas et un pistolet automatique à la ceinture.

Le groupe du Génie arriva dans une zone qui ressemblait comme deux gouttes d'eau à ce qu'ils voyaient depuis vingt kilomètres, Jenny essayait de cerner l'environnement. La bosse qui les surplombait sur le côté gauche était à une trentaine de mètres de haut, aucun chemin ne semblait visible pour monter au sommet. Elle terminait loin en aval, il aurait été hors de question de la contourner pour prendre d'éventuels agresseurs bien planqués là-haut. Jenny observait quelques pierres plus fortes que les autres plus loin, le genre de support idéal pour une mitrailleuse.

- Le SOUVIM ralentit ! cria Ahmed derrière son volant,
- Mise en place combat ! tonna le haut-parleur. L'ordre surgit du néant, lancé par le lieutenant dans le véhicule de commandement.
- Action, cria Jenny à ses gars, Durand, avec moi. Magnin, la Minimi, à dix heures près du rocher à une quinzaine de mètres avec Bernous, prenez des bandes !
- Ahmed, à l'abri du VAB, avec les jumelles, je veux tout savoir ce qui se passe sur cette butte. S'il y a une fouine qui pète, je veux le savoir. Marin, à l'affût sur la 12,7 !

À part Marin, tout le monde sortit du VAB, Ahmed et la chef du groupe par les portes latérales, les autres par l'arrière. Ahmed se protégea contre le capot avant du VAB et chercha d'éventuels mouvements, Jenny trouva une place au pied d'une roche avec Durand. La mitrailleuse était posée en affût, chargée d'une bande de munitions et armée, prête à cracher du feu sur les éventuels ennemis qui peuplaient ce sommet. La mitrailleuse, armée par Marin surveillait le secteur arrière tandis que la mitrailleuse couvrait l'avant. Le coin semblait abandonné.

- Lynx 3 à leader, sommes en position.
- Leader à Lynx 3, OK, bien reçu, on commence la dépollution, soyez vigilants.
- Lynx 3 à leader, OK.

Jenny pouvait deviner le lieutenant Monge s'approcher du véhicule abandonné. Il était étrange de voir cette voiture, en statique sur le bas-côté. Elle n'avait pas l'air accidenté, il n'y avait personne aux alentours. Le lieutenant était avec le sergent Baryal, un soldat afghan de l'ANA[5]. Ils allaient s'arrêter à une trentaine de mètres. Deux opérateurs avaient pris des détecteurs de métaux. Ils portaient une protection anti-explosion et un casque avec une visière blindée. Ils sondaient le sol. Une voiture pouvait tomber en panne, évidemment, elle pouvait aussi être piégée. Le lieutenant n'allait pas prendre de risque, les alentours de l'épave furent sondés. Le Souvim pouvait contrôler une route droite, mais l'homme était nécessaire pour les chemins et les endroits escarpés.

Jenny était absorbée par sa mission qui était de surveiller le haut de cette butte, pour protéger les opérations de déminage. Mais les procédures ne changeaient pas, elles avaient été répétées de nombreuses fois pour qu'elle devine les faits et gestes des manœuvres de dépollution. Lorsque les alentours de l'épave furent contrôlés et dénués de risque, un effet contraire aurait nécessité l'action du Buffalo et ses griffes surpuissantes, le lieutenant ordonna de sortir le *tracto*. Il fallait le descendre du trente-huit tonnes.

Le bouteur arriva au pied de l'épave. Le moment critique était présent, l'opérateur qui était dans ce petit tracteur blindé devait être tendu. Il commença à pousser le véhicule abandonné.

- Leader à Lynx 3, Opération Alpha-Lima. Ce code informait les soldats que cela pouvait dégénérer.
- Lynx 3 à leader, OK.

Jenny était dans son élément, toutes ses années de doute et de travail l'avaient amenée ici, sur cette route. Le fait d'être une fille et de vouloir intégrer un groupe de combat n'avait pas toujours été simple. Elle n'était pas la première, évidemment, de nombreuses femmes y étaient arrivées avant, mais la pression était grande.

La jeune femme était aux aguets, calme. Il y avait de la peur en elle et chez ses camarades certainement, mais elle la contenait. L'adrénaline était là aussi, qui allait exploser si la situation dégénérait. Jenny se sentait comme une lionne à l'affût, sa respiration était calme,

---

[5] Armée Nationale Afghane

c'était comme si son corps se mettait en veille. Elle était prête à répondre à un feu nourri.

La peur et l'adrénaline ne vont pas l'une sans l'autre, la peur est là pour éviter de dépasser un seuil de dangerosité, qui pourrait être fatal à ses équipiers et à soi-même tandis que l'adrénaline va pousser et donner le courage d'effectuer tous des gestes très souvent répétés.

- Braoum ! L'épave explosa alors qu'elle était repoussée dans le fossé par le tracteur.
- Concentration !!!

La présence de l'explosion confirmait la présence d'ennemis et c'était un moment crucial pouvant faire office de diversion pour une embuscade sérieuse.

Les soldats entendirent soudain un tir de mortier et l'obus explosa une quinzaine de mètres devant le site de l'explosion. Les Français ne pouvaient répondre à l'opérateur du mortier, celui-ci était caché de l'autre côté de la butte. Par contre, une silhouette avait été vue par Ahmed, à l'abri derrière le VAB, le taliban essayait certainement de régler le tir du mortier, c'est vers là que la Minimi de Magnin se mit en route.

Lorsque Magnin eut vidé la bande de cartouche, il rechargea, Jenny en profita pour donner l'ordre à Marin de sa position, sur le VAB, de protéger la progression.

- Lynx 3 ! On avance ! Gueula Jenny au groupe qui s'était agrandi avec les gars du deuxième VAB qui les avaient rejoints.
- Bernous ! Grenade de l'autre côté de la butte !!!!!

Il était déjà prêt. Enlever le chargeur de munitions du Famas, mettre une cartouche de lancement, enclencher une grenade sur le canon, régler l'arme pour un tir sur les deux cents mètres qui le séparaient du haut de la butte lui avait pris à peine 20 secondes, la grenade partit dans un bruit aigu, puis elle explosa au-delà de la crête.

41

Les soldats commencèrent à avancer doucement, sur cette butte. L'arme de Marin les couvrait. Magnin était à nouveau opérationnel avec sa mitrailleuse et balançait des rafales vers la cime tout en progressant. Soudain un autre tir de mortier, mais toujours vers le lieu de l'explosion. En même temps, un tir nourri de la cime faisait se jeter au sol caillouteux les soldats, ils reconnurent au bruit une Kalachnikov. Bernous, qui avait préparé une nouvelle grenade, corrigea un peu le tir et renvoya un cadeau empoisonné. Personne ne semblait touché dans le groupe.

Jenny reçut l'ordre du lieutenant de continuer l'ascension, il l'informa qu'il avait pris les choses en main, les opérations de déminage étaient arrêtées, deux mitrailleuses avaient été armées en aval pour éviter au groupe d'être dans la ligne de feu, il avait fait arrêter la surveillance de Marin. Le sergent-chef Moret, chef d'équipe du deuxième VAB avait pris le commandement de l'ascension tandis que le lieutenant, en retrait, coordonnait les opérations.

Ils montaient de cachettes en trous de souris, de morceaux de cailloux proéminents en excavations créées dans la roche. Le tir de couverture assuré sur la cime par les gars de la dépollution était efficace. Depuis le deuxième tir de mortier et la rafale de l'AK47, ils n'entendaient plus rien.

Quand les Français arrivèrent sur la cime, deux grenades furent envoyées dans le trou qui s'ouvrait à eux. Les deux chefs de groupe jetèrent un coup d'œil pour visualiser la position retranchée des talibans, elle semblait déserte. Les fouines avaient quitté le lieu. Ils explorèrent le camp retranché des rebelles, quelques traces, aucune victime, les soldats n'avaient touché personne. Ils n'étaient peut-être que deux ou trois. Rien ne laissait supposer qu'ils étaient nombreux. Ils connaissaient le coin comme personne et étaient déjà cachés dans une des multiples grottes sur le contrefort. Jenny et ses collègues reçurent l'ordre de ne pas essayer de les poursuivre. Le convoi était prioritaire à trois ennemis bien cachés.

Le groupe de déminage se remit à nettoyer la route, le convoi devait continuer. Les soldats du Génie attendaient le RIMA pour protéger le convoi lors de son passage. Il fallait malgré tout être à l'affût, ils n'étaient pas à l'abri d'un tir de AK47 ou de mortier.

Dans ces lieux arides, les alliés étaient souvent pris à partie dans de petites anicroches, elles commençaient toujours par l'explosion d'un EEI, des tirs, et souvent, quand ils avançaient vers les rebelles, ceux-ci avaient décampé et la place était vide.

Quand des forces coalisées ont des victimes dans une opération comme celle-là, et ne peuvent en découdre avec leurs ennemis, c'est terriblement frustrant et les combattants en repartent laminés et hors d'eux. Ces Éléments Explosifs Improvisés, sur tous les théâtres d'opérations extérieures, d'Afrique au moyen orient, en plus des victimes, font des dégâts monstrueux sur le moral des troupes.

Jenny profita d'un court instant pour s'isoler pour un besoin assez naturel, elle était dans sa période, *pas de bol, comme d'habitude, ça m'arrive toujours quand je suis dans la pampa.* Heureusement qu'elle avait prévu ce qu'il fallait ; ses munitions de 9mm avec ficelle de récupération. Quelle chierie de poser le Famas, d'enlever le gilet pare-balles et le reste dans ce désert hostile, elle se sentait vulnérable et elle n'aimait pas cela. Elle se dépêcha de remettre son armure.

Le groupe réintégra plus tard leur VAB et reprirent la route.

- Saloperie, ils se sont encore échappés, on en a vu aucun, de ces enfoirés, éclata Ahmed au volant du véhicule.
- On n'a eu aucune victime, c'est une bonne chose.

Jenny essayait de tempérer la colère qu'elle ressentait dans le véhicule. C'était sa responsabilité de garder intact leur moral, et elle ne pouvait s'empêcher de penser à une balle perdue ou un tir de mortier bien réglé. Depuis environ deux mois qu'elle était là, c'était la troisième rencontre avec ces ennemis invisibles. C'était la première où elle était aux premières loges.

- On partira de là sans avoir tué un de ces enfoirés, râla Durand à l'arrière, repris par les acquiescements de certains.
- Ce n'est pas une finalité, de tuer les ennemis, commençait-elle à s'énerver. On finit de former l'ANA et on se tire. C'est la fin de l'opération Kapisa et c'est comme ça. Les régiments qui ont été vraiment au combat, ils ont eu des morts, bordel !
- Vous n'êtes pas là pour tuer ces salopards, sergent ?
- Non je suis là pour une mission. Si la mission est achevée, on passe à la suite. La mission est de protéger les populations. Si on a formé leur police et leur armée, si celles-ci sont capables de protéger leur pays, la mission est terminée. Et la preuve qu'on a fini notre mission est que les rebelles sont incapables de nous tenir tête.
- Vous pensez que vous tuerez un ennemi dans votre carrière, sergent, demanda Ahmed.

Magnin, qui en était à son troisième séjour, ne parlait pas trop de ses missions passées. On pouvait penser qu'il avait dû faire des dégâts avec sa Minimi, mais aussi qu'il avait dû voir des choses pas belles. Hormis lui, personne, dans ce VAB, n'avait été soumis à un combat nourri et n'avait répondu par une réponse en proportion. Les questions étaient fréquentes.

- Oui, peut-être, ça se joue à peu aujourd'hui, une grenade à Bernous aurait pu exploser un de ces enfoirés. Si je dois exploser la tête d'un ennemi pour assurer la mission, je n'hésiterai pas, car lui, il n'hésitera pas.
- Cela doit être dur après, quand on revoit tout en détail, lança quand même le sapeur Bernous.

- Il faut se dire qu'on tire toujours sur un individu armé qui va tuer un collègue ou mettre en danger notre mission, c'est de la légitime défense. C'est peut-être plus dur pour un tireur d'élite ou un pilote d'avion qui crache des bombes.

Il faudrait que je pense à envoyer Bernous voir l'aumônier et peut-être le psychologue, se mit à penser Jenny.

- Ah oui ! Le Taliban sur le trône en train de chier avec une revue porno à la main qui prend une bombe de deux cent cinquante kilos, ça doit lui vider les boyaux, sortit Marin, hilare, qui n'avait rien dit encore.

Son intervention détendit l'atmosphère et ils rigolèrent à leur tour

- Ce n'est pas la peine d'être vulgaire ! Jenny leur cria dessus avec une moue offusquée qui les fit encore plus se tordre de rire.
- Nous devons éventuellement tuer un ennemi pour assurer la mission et protéger notre groupe, finit Jenny avec un ton de solennité.
- Moi, je vous protégerais, sergent, dit Ahmed maladroitement, il s'en rendit compte immédiatement.
- Je n'ai pas besoin de garde-chiourme, Sapeur ! Et contrôlez votre route au lieu de dire des conneries.

Jenny entendit Durand ricaner, une tension était apparue et un silence pesant s'installa. La sergente devinait Ahmed dévasté, ce n'était pas trop le fait de vouloir la protéger, mais l'aveu d'une sorte de sentiments en son endroit qui devait le mortifier, Jenny en était sûre.

Il devait se traiter de tous les noms et se dire que ce n'était certainement pas l'endroit pour ce genre de paroles. Pour Jenny, dans ce VAB, après avoir été pris au feu, au sein de son équipe, cet aveu l'écœurait, il la renvoyait en sa position de femme dans un milieu d'hommes, chose dont tous ses actes s'efforçaient de faire oublier.

Faudrait-il des régiments de femmes ? En Israël, première nation dans l'emploi des femmes au combat, les unités de combat sont mixtes. Existe-t-il des groupes armés nationaux exclusivement composés de femmes. Jenny se posait la question, mais n'était même pas sûre d'espérer cela. Cela faisait plus de vingt ans que l'armée française s'était féminisée, mais n'était-elle pas encore qu'une pionnière ? En fait, très certainement dans une unité combattante.

Le retour à la base s'effectua sans encombre, chacun ruminait ses pensées et le moral était cahin-caha.

Jenny se remémorait quelques missions effectuées depuis deux mois qu'elle était sur la base de Tora. Deux fois par semaine, la mission habituelle était de montrer leur présence aux populations locales. Un officier, une dizaine de sapeurs de combat et deux soldats afghans partaient vers trois heures du matin à pied pour visiter les villages à la recherche de caches d'armes, de rebelles. Ils devaient fouiller les maisons, les voitures, les habitants. C'était plus facile quand il y avait une fille pour fouiller les femmes afghanes. Si un village était suspect, si un taliban avait séjourné dans ce village, les militaires afghans arrivaient à le deviner en parlant avec la population. Ils regroupaient les gens dans une salle sous la surveillance d'un soldat et les femmes et les enfants étaient souvent sous la responsabilité de Jenny. Elle avait adoré ce contact avec ces habitants d'un autre temps que le sien, mais qui aspiraient seulement à vivre en paix. L'une lui présentait toute fière ses enfants, l'autre parlait de son fiancé, amoureuse et impatiente du mariage prévu. Les facilités d'apprentissage des langues, sa connaissance de l'arabe, faisaient que Jenny arrivait à communiquer en Dari avec ces personnes magnifiques. Les enfants rigolaient de son accent et ce contact fut une bénédiction pour la Française, autant pour le bonheur des discussions que, s'il en ait eu besoin, pour une forme de justification de sa présence en ces lieux de guerre.

Le convoi devait contourner la ville de Surobi, plus à l'est. A la vue de la Kabul River s'élargissant en une grande étendue d'eau, ils savaient un barrage un peu plus haut en amont pour fournir l'électricité dans la région, ils bifurquèrent plein sud. Ils laissaient sur l'ouest un massif tout en longueur, très enneigé en ce mois de mars et arrivèrent sur la FOB, Base Opérationnelle Avancée, de Tora.

La base était posée au sommet d'un pic rocheux, à mille cinq cents mètres d'altitude, dans un paysage désertique entouré de montagnes. La base d'une dizaine d'hectares, était en ce moment occupée par un régiment d'infanterie de marine, un régiment de la cavalerie avec quatre AMX30, une compagnie du Génie et un contingent du matériel, des transmissions, des essences et de la santé. De temps en temps, il y avait un groupe des forces spéciales, avec quelques hélicoptères d'attaque. Un camp voisin abritait un régiment de L'ANA. Le groupe de Jenny monta vers l'entrée par une boucle en contournant une plateforme où 2 hélicoptères prenaient le soleil.

- Regardez, merde, il y a une gazelle et un puma ! À tous les coups, il y a un gros ponte qui vient faire la guerre. Tu parles, il vient manger, essayer son gilet tout neuf et il aura une médaille, s'exclama Magnin.
- Oh non, il risque d'y avoir une putain de cérémonie, je veux dormir demain matin.
- Sergent, il faut se faire exempter, on a trois jours de mission dans les pattes, un peu de repos, essaya de négocier Durand.
- Je vais essayer, mais ça m'étonnerait, on était une centaine en mission, je verrai avec l'adjudant. Peut-être qu'ils vont partir ce soir, s'ils sont là depuis hier. Vous connaissez votre job ! Il faudra d'abord mettre les armes à l'armurerie, on ramène le VAB au garage. Magnin, il faut parler de ce voyant sur le tableau de bord aux mécanos. Je le note sur le

47

CR de mission. Il faut démonter et nettoyer la mitrailleuse, Marin et Bernous !

Jenny distribuait les ordres et en profitait pour changer de discussion, c'est sûr qu'ils seraient de cérémonie s'il y en avait une le lendemain.

- Durand, vous venez avec moi, nous irons au débriefing de la mission très certainement.
- Il faudra qu'on décharge les camions, Sergent ?
- Non, on a aidé le chargement à Kaboul, mais là, on a du travail. Le RIMA s'en chargera. Quand les armes et le VAB sont OK, vous voyez les gars de la dépollution, eux auront des manips à faire.
- Quoique, attention, changea-t-elle d'avis, le régiment perçoit du matériel technique dans les camions, s'ils décident de décharger maintenant, vous les aidez. Magnin, vous voyez avec les mecs de chez nous.

Des bâtiments vie et quelques blocs sanitaires avaient été construits par les services infrastructure, une enceinte longue de deux kilomètres suffisamment protégée permettait de faire du sport en toute sécurité. La base pouvait accueillir huit cents soldats, auxquels il fallait ajouter de nombreux véhicules blindés, une unité de production électrique, un centre de transmissions, un détachement de mortiers lourds de 120 millimètres et une réserve de munitions.

Le portail était grand ouvert, et les véhicules du Génie se dirigèrent vers leurs emplacements. Le reste du convoi suivait à cinq cents mètres.

À l'entrée du site, sur un poteau, une indication kilométrique donnait les distances du site avec le 2e RIMA du Mans, les villes de Paris, Brive, Saint-Tropez, Calvi et New York. Les destinations françaises étaient aux alentours de 5 500 kilomètres, tandis que la ville américaine était à 10 850 kilomètres.

Le groupe de Jenny longeait les bâtiments vie, ils pensaient déjà à la bonne douche qu'ils allaient prendre. La sergente était dans un baraquement femmes. En ce moment, elles étaient 7, une en cuisine et une secrétaire. Les 5 autres femmes étaient dans les régiments, une lieutenante, deux sous-officières et deux soldates. *Lorsque nous sommes en mission à l'étranger, on se coupe les cheveux soi-même, à la Cécile de France,* disent-elle. *On a beau être des bêtes de guerre, on est toujours des femmes.*

Le mess était à leur droite. Juste derrière, le bâtiment du commandement était associé au centre de transmission. Avec les bureaux de la gestion de la base, se trouvait le magasin d'habillements et l'unité de fourniture électrique.

Au fond, vers le nord, se trouvaient les deux hangars véhicules, l'un pour les blindés, l'autre pour les camions et les matériels spécialisés. Sur le haut de la butte, entre les hangars, se dressait la rampe de catapultage d'un drone, installée sur un camion. Un deuxième camion vide sur le côté laissait supposer que le drone était en vol.

L'armurerie se trouvait au nord-est. Elle était enterrée pour éviter qu'un obus ennemi ne la fasse exploser.

- C'est bizarre, il n'y a pas grand monde dehors, remarqua Ahmed.

Il faisait encore beau, il était environ seize heures, un peu frais mais agréable, Jenny ressentait aussi une drôle de sensation, c'était peut-être la présence des autorités. L'atmosphère du désert, du sable, de cet air sec et froid en cette fin d'hiver, était assez conforme à celle habituelle. Les odeurs de cuisine associées à celle de gas-oil remplissaient le camp, l'absence de vent faisant stagner cette ambiance, réconfortante pour les soldats. Jenny n'avait pas encore fait d'interventions extérieures dans un pays désertique en plein été, avec la canicule. On devait trouver une autre odeur, elle imaginait les odeurs de bétail et de sable chaud, de bouteilles de verre fondues sous le soleil dont lui parlaient les anciens qui avaient fait l'Afrique, ou d'autres coins chauds.

Il y avait autre chose de particulier sur la base, la jeune femme espérait qu'il n'y avait pas eu de victimes. Elle savait qu'une mission de reconnaissance était partie vers le sud en direction d'un village à une trentaine de kilomètres.

Le VAB stoppa, Jenny descendit du véhicule, pas fâchée de se détendre, avec son barda. Le gilet pare-balles a beau être adapté à la morphologie féminine, elle ressentait toujours un point dur sur ses hanches. Elle collait une gaze sous son tee-shirt avec du sparadrap et s'en sortait avec un bleu s'il se décollait ou si elle portait le gilet trop longtemps. *Peut-être suis-je mal foutue, aussi* ?

- Canuto, interpella l'adjudant Monnier, le chef de groupe accompagnée d'une lieutenante du RIMA, la voisine de dortoir de Jenny.

L'adjudant Barenne, le chef de sa compagnie n'était pas du voyage à Tora, elle ne connaissait pas trop cet adjudant, mais le courant était bien passé entre eux. Tous les deux se rapprochaient d'un pas décidé. *Que fait un officier du RIMA avec un adjudant de chez nous ? Et qu'est-ce qu'ils me veulent ?*

- Canuto, vous laissez vos armes et vos chargeurs à Magnin et vous nous suivez.

Jenny tomba des nues en entendant cela de son chef. *Notre arme, on la donne quand on est mort*, leur rabâchait-on à longueur de journée.

- Mon adjudant, c'est impossible, c'est quoi ce bordel ? Je dois aller au débriefing de la mission.
- Sergente, on ne comprend rien nous non plus, vous devez nous suivre, c'est tout. On a des ordres, asséna comme un coup de poing l'officier féminin.

50

- Le lieutenant est prévenu en ce moment par le commandant du régiment. Durand, vous allez au débriefing. Magnin, vous êtes responsables de la réintégration des armes et du matos, ordonna l'adjudant.

Les gars étaient éberlués, eux aussi. Jenny était fatiguée, mal au ventre, elle essayait de réfléchir à une grosse connerie dont elle aurait été coupable. Elle obéit, donna le Famas et le pistolet à Magnin et partit à la suite de ses supérieurs.

- Pourquoi vous êtes là, lieutenante ? Si c'est pour prendre un savon il n'y a pas besoin de vous, j'ai violé quelqu'un ? Vous êtes mon avocate dans une histoire de harcèlement sexuel sur un mec. Jenny faisait la fière, mais n'en menait pas large.
- Sergente, je n'en sais rien, je dois préparer une mission pour demain et j'ai autre chose à faire que de vous conduire dans notre baraquement. Vous prenez une douche, vous vous changez, et on vous emmène chez les grands chefs. Il y a du haut gratin, ils sont arrivés depuis deux heures, vous avez un tonton ministre, peut-être ?
- Mais non, répondit-elle, complètement perdue.
- Ça me fait suer, ce bazar, lança l'officier.

Jenny ne dit plus rien tant les comportements étaient complètement extravagants. Au baraquement des filles, celles-ci rentraient tandis que l'adjudant attendait à l'extérieur.

- Dépêchez-vous, sergent Canuto, plus vite on saura, mieux ce sera. Si c'était pour un savon et une connerie de votre part, je serais au courant, pressa l'adjudant.

Jenny ne s'attarda pas, elle rangea son matériel en dotation dans son armoire fermée avec un cadenas, puis une douche, un treillis propre et un Efferalgan. Les chaussures, elles resteraient poussiéreuses.

51

L'officière était restée dans le hall où il y avait un ordinateur, une télévision et quelques livres éparpillés sur un fauteuil.

En dix minutes, Jenny était prête, elle ne savait pas à quoi, mais elle était maintenant pressée d'en finir, elle s'imaginait maintenant dans une mission secrète. *N'importe quoi, je délire.*

Le groupe de trois personnes se dirigea vers le PC commandement. Personne ne disait rien. Une fois rentrés dans le bâtiment, ressemblant aux autres, peint en blanc cassé, avec une toiture sombre, une petite avancée pour protéger la porte d'entrée, ils posèrent leurs effets dans le hall, puis se dirigèrent vers le bureau du colonel Séguy, chef de la FOB Tora. Un commandant inconnu à Jenny, l'intima de rentrer dans ce qui ressemblait à une salle de réunion avec l'adjudant. Le commandant les suivit, et tous s'installèrent autour de cette table de trois mètres. Tout autour de cette salle, les différents fanions des régiments venus sur la FOB étaient accrochés au mur. Plus émouvantes, les photos des douze soldats morts sur cette terre ayant exercé sur cette base.

Jenny était dans un état second, elle ne parla pas avec l'adjudant, il avait l'air aussi perplexe qu'elle. Il avait même une sorte de sourire forcé, tant la situation était exceptionnelle. Le commandant ainsi que le sergent-chef Leroux, secrétaire du colonel, rentrés aussi avaient l'air grave. Jenny le connaissait un peu, elle avait essayé de l'interroger sur la raison de ce foutoir, il lui avait répondu qu'il ne pouvait rien dire. Jenny avait à peine remarqué que la lieutenante était restée au secrétariat. Soudain, la porte s'ouvrit.

- À vos rangs, fixe ! lança le commandant, tout le monde se mit au garde à vous.
- Asseyez-vous, ordonna le colonel du site, accompagné de trois personnes inconnues ; un général deux étoiles, en tenue Terre de France, un civil en costume gris d'une cinquantaine

d'années environ et une femme en jeans et pull sombre approchant la quarantaine.

Les deux officiers et le civil se mirent au fond de la salle, ils restèrent debout tandis que la femme vint s'asseoir à côté de Jenny, comme si la place libre avait été retenue pour elle. Son délire de la mission ultrasecrète lui revint à l'esprit, peut-être pour ne pas croire à quelque chose de pire.

- Sergent Canuto, j'ai eu le temps de m'informer que votre mission de convoyage s'est bien passée, à part un petit accrochage au point 45 sans trop de bobos.
- Oui, mon colonel. Elle était incapable d'en dire plus, tellement la situation était incongrue.
- Bien, je vous présente M. Morel, du ministère de la défense et des anciens combattants, le général de brigade De Baudry du commandement des forces terrestres et Mme Plantin. Il fit ensuite un geste vers le secrétaire d'État pour lui donner la parole.
- Mademoiselle… Commença alors le civil
- Sergent, je préfère ! Tout ceci, ce mystère, cette situation commençait à l'énerver.
- Canuto, un peu de respect, s'il vous plaît.
- Non, non, dit le civil, elle a raison, je vous balance bien du *mon colonel*. Sergent, reprit-il, vous êtes au courant qu'il y a eu un attentat à Paris avant-hier et qu'il y a eu de nombreuses victimes.
- Je suis au courant, Monsieur, je l'ai entendu à la radio hier à Kaboul.

Jenny sentit une peur immonde monter en elle, pas une peur comme elle aurait pu avoir ici dans les plaines arides de cette région. Ils s'entraînaient pour gérer cette peur, ou du moins en parlaient et vivaient avec. Non, une terreur plus inimaginable.

- Sergent, lorsque le terroriste a été stoppé par les forces de police, il a pris en otage trois personnes dans une boutique de surplus américain. Auparavant, dans un accident de voiture, il a percuté une Sandero qui a...
- Oh non... lâcha Jenny en interrompant le civil, ayant fini de comprendre la monstruosité des faits.
- La Sandero a fait un tête-à-queue, la voiture du tueur a fait un demi-tonneau. Une fois sorti de la voiture, il a sorti une arme automatique et a tiré sur les forces de police qui le poursuivaient, continuait le politique comme s'il avait appris par cœur son texte. Les policiers n'étaient pas assez armés, ils ont reculé et ils ont appelé des renforts.

Le politique fit une pause, Jenny sentit les larmes arriver, la femme dont on ne lui avait pas donné sa fonction, d'ailleurs, lui prit la main.

- Sergent, j'ai le regret de vous annoncer le décès de votre mère Mme Canuto Cathy et de votre frère Boladji. Ils sortaient du parking en voiture, ce n'est pas le choc qui les a tués, mais les coups de feu du tueur. Les policiers n'ont à première vue pas tiré, une enquête est en cours pour confirmer que votre Maman et votre frère ont été tués par le terroriste.

Jenny, effondrée regardait les gens autour d'elle, quand elle croisa les yeux de Michel Leroux, les larmes aux yeux. Il était au courant, certainement, La jeune femme éclata en sanglots et enfouit sa tête dans ses mains.

- Sergent, vous risquez votre vie ici pour protéger les biens et l'intégrité de la France et nous n'avons pas pu protéger votre famille à Paris. Au nom du président de la République, du ministre de la défense et de tout le gouvernement, nous vous présentons nos condoléances et nos excuses. Je suis sincèrement désolé, finit le responsable civil dans un murmure, auparavant il récitait son discours, là, l'émotion le prenait.

- Maman, Boladji, murmurait Jenny en pleurant…

S'ensuivit un long moment de silence pesant.

- Nous pensions emmener votre père, mais les médecins nous l'ont déconseillé, il est en état de choc. À midi à Paris, il était encore hospitalisé à Val-de-Grâce. Il va mieux. Il vous attend, nous vous ramenons.
- Mais, je ne peux pas partir, ici, mon groupe, mon job…Jenny, accablée ne mesurait pas ses dires.
- Le général et moi-même, nous avons parlé avec le colonel, il n'y a évidemment aucun problème, l'administratif sera réglé. Mme Plantin, ici présente est psychologue, elle va vous soutenir tout le voyage. Nous prenons l'hélicoptère vers Kaboul. Cette nuit, nous nous envolons vers la France. Normalement, votre père sera à Villacoublay pour vous accueillir demain matin.
- Mon adjudant, intervint le colonel de la base, j'ai informé votre chef de régiment, il prévient le personnel de votre régiment, afin que le sergent Canuto ne soit pas assaillie de questions.
- Bien, mon colonel.
- Mme Plantin ne va pas la quitter, vous restez avec elles, peut-être que le sergent Canuto va dire au revoir à son équipe, vous voyez avec elle, qu'elle mange un morceau ce soir avant de partir. Ce sera aussi possible à Kaboul, quelque chose est prévu avant de décoller vers la France. Les hélicos décollent vers 19 h 30, vous avez deux heures pour que le sergent prépare son sac et le reste. Vous réglez tous les problèmes de réintégration au mieux.

- Oui, mon colonel.
- Leroux, je pense qu'il faut préparer un ordre de mission pour le sergent, je vous le signe tout de suite, pour le reste, nous verrons demain avec le SAP pour la solde et les positions administratives.

Le colonel parlait de Jenny comme si elle n'était pas là. Cela devait être le cas, elle était toute retournée, se disait qu'elle rêvait, que tout ce qu'elle avait entendu était faux. Les officiels commencèrent à se déplacer vers la sortie, elle se leva, il fallait qu'elle bouge. Le général n'ayant rien dit lui serra les deux mains et lui adressa toutes ses condoléances. Le colonel fit de même en lui souhaitant bon courage, qu'elle en aurait besoin.

A l'extérieur de la salle de réunion, l'aumônier était au secrétariat, Il lui prit les mains, lui dit tout bas, *je suis avec toi, Jenny*, celle-ci se remit à pleurer, il la prit dans ses bras. Il n'était pas en treillis, une sorte de tenue civile ou de sport. Cela faisait du bien à Jenny de pleurer sur son épaule et de crier en silence *Maman*. C'était sans doute la seule personne sur cette base avec qui elle pourrait avoir un tel contact intime, on se construit une armure sur une base perdue au fin fond d'un pays éloigné comme l'Afghanistan. Il l'informa qu'il avait téléphoné à l'aumônier sur la base de Kaboul, il serait à l'atterrissage. Il lui demanda aussi s'il devait contacter une amie, un collègue sur la base de Kaboul pour la réconforter. Jenny lui répondit à la négative.

Jenny, accompagnée de l'adjudant et la psychologue se dirigea vers le baraquement pour préparer ses affaires. Elle avait envie de faire la fière, de se mettre en colère, de montrer qu'elle était forte, de dire qu'elle n'avait pas besoin d'une psychologue, mais se taisait. Elle n'était sûre de rien, elle avait peur de l'avenir.

Dans le dortoir, il y avait huit lits, une armoire par personne. Les effets personnels et surtout les équipements individuels étaient rangés dans huit compartiments protégés du vol. Jenny commença par récupérer la trousse de premier secours, et les différents dispositifs de visée qu'elle donna à son chef de groupe. Le dortoir avait été décoré au fur et à mesure des contingents, il était agréable. Jenny s'assit sur le lit et se prit la tête dans les mains.

Papa, comment va-t-il ? Il devait être complètement écrasé par la situation. Il se retrouvait tout seul, comment il allait faire, il ne savait pas faire la cuisine. *Mes parents ont des amis dans l'immeuble, les femmes se feront un plaisir de l'aider au début,* tout se mélangeait dans la tête de la jeune femme.

Puis elle pensa à son petit Boladji, qu'elle aimait tant, n'arrivait pas à s'imaginer ne plus le voir. Il y avait onze ans que ses parents étaient allés le chercher au Bénin. Jenny en avait 13, elle était chez une amie dans l'immeuble. À leur retour, elle avait vu un beau bébé couleur d'ébène débarquer avec son immense sourire, ses rires quand elle le chatouillait. Quand il prenait son bain, sa peau brillait, son bonheur se lisait dans ses yeux noirs. Plus tard, Jenny l'avait emmené au judo, il voulait faire des arts martiaux et du karaté. Il avait été fier quand il avait eu sa ceinture jaune, c'était une fête à chaque fois que Jenny revenait à Paris. Boladji lui racontait son école, ses copains, il commençait à délaisser le judo pour le foot. Sa sœur l'agaçait en lui disant qu'il était foutu pour le Jiu-jitsu, cela l'énervait, et ils éclataient de rire. Il voulait aussi que Jenny lui raconte tout de ses aventures, il avait écrit par deux fois des lettres géniales ici en Afghanistan, *il disait qu'il ferait tout comme elle, mon petit Boladji.* Jenny se mit de nouveau à pleurer.

Mme Plantin vint s'asseoir près d'elle, elle regardait auparavant les différents posters ou encore des calendriers de joueurs de rugby, les dortoirs des mecs avaient bien leur Clara Morgane. Elle posa sa main sur une de ses épaules et lui dit :

- Vous pouvez m'appeler Isabelle, je vous appelle Jenny, ça fait du bien de pleurer. Il faut évacuer. Nous verrons un docteur à Kaboul pour qu'il vous donne quelque chose pour dormir pendant le voyage vers Paris. Vous aurez une tâche immense en arrivant à Paris, je ne suis pas sûre que votre père puisse s'occuper de tout.

-   Oui, je pense aussi, dit-elle en gémissant entre deux sanglots.

Puis elle lui parla comme une psychologue avait le don ou le pouvoir de le faire. C'est dingue qu'un esprit brillant et sans doute quelques techniques professionnelles puissent prendre une emprise sur un esprit démoli par le chagrin. Jenny pensait avoir un caractère fort, mais elle répondait bêtement oui ou non à ses questions comme une petite fille. Elle l'emmena où elle voulait, puis au bout d'un moment, la séance fut terminée, il fallait s'occuper de ses affaires. Elle remplit son sac, la discussion avec Isabelle lui avait été bénéfique.

Quand elles sortirent, l'équipe de Jenny était là, Magnin prit la parole :

-   Jenny, c'était la première fois qu'il l'appelait par son prénom, au nom de tous, on t'adresse toutes nos condoléances et on te souhaite bon courage.
-   Merci à vous tous.

Elle serra la main de tous, ils dirent tous une petite parole commune. Quand elle arriva à Ahmed les larmes aux yeux, elle ne put s'empêcher de le prendre dans ses bras, c'est elle qui le consolait. Il balbutiait ses condoléances et Jenny lui murmurait *bonne continuation, Charif, on se reverra*. La dernière fois qu'elle l'avait apostrophé, c'était par son grade, il avait pris cela comme une claque, et maintenant, elle l'appelait par son prénom. Elle souhaita à tous une bonne fin de séjour à Tora et se dirigea vers le PC avec son supérieur et Isabelle. Il y avait des papiers à récupérer et à signer.

Une fois un ordre de mission en bonne et due forme, les deux femmes, le civil et le général, se dirigèrent vers les hélicoptères déjà en route. Au détour de la voie, devant le mess, Jenny eut la surprise de voir, comme une procession, cent ou deux cents gars des régiments de la Base. Ayant du mal à retenir ses sanglots, elle entendait par ci, par là un *courage Jenny*, il lui semblait reconnaître la voix ou un simple *Condoléances, sergent.* Le sentiment qu'elle ressentait, un peu étonnant avec ce qui lui arrivait à ce moment, était d'être fière d'appartenir à cette famille de l'Armée de Terre. Sa première famille venait d'exploser, elle lançait une prière pour qu'ils rentrent tous chez eux.

La nuit était tombée depuis une heure, ils s'envolèrent vers Kaboul.

Après un sandwich à moitié mangé, un entretien de vingt minutes avec l'aumônier à Kaboul, un toubib militaire donna une boîte de médicament à Jenny pour qu'elle passe la nuit à dormir dans l'avion. Ils s'envolèrent plus tard vers la France dans un A310 ministériel.

Paris.

Jenny avait dormi comme une masse avec le Lexomil du docteur. Isabelle la réveilla quand l'avion survolait les alpes. Il restait une petite demi-heure de vol. La sergente émergeait tout doucement, elle revoyait tout doucement l'horreur de la situation. Son père allait être à l'aéroport, il serait accompagné de quelques autorités. Jenny voulait juste revoir son père et pleurer avec lui. Ce n'était pas leurs excuses qui lui rendraient Maman et Boladji, et, quelque part, elle ne pouvait blâmer les policiers, ni leurs responsables.

Elle avait vu les actualités dans l'avion et donc le film des évènements, passé en boucle. Elle pouvait très bien comprendre qu'il fallait arrêter ce salopard.

Elle se rafraîchit en peu dans une petite salle de bains puis but un café et mangea quelques biscuits. Son dernier vrai repas, elle n'avait pu avaler qu'un bout de sandwich à Kaboul, était une ration de combat dans un désert afghan. Le pilote intima d'attacher les ceintures et l'avion se posa.

En sortant de l'avion, il faisait un temps froid et maussade, Jenny vit son père et quelques officiels, elle reconnaissait le ministre de la défense. Elle trouva son père marqué, il avait pris dix ans, elle se rendit compte qu'il aurait besoin d'elle plutôt que le contraire. La force de caractère de sa mère, et Jenny en avait hérité une partie, faisait que son père avait été un peu écrasé par les deux femmes qu'il avait à la maison. Boladji lui avait donné un peu d'aplomb et de responsabilité. À l'aube de ses cinquante-sept ans, il avait les cheveux gris parsemés, il n'était pas rasé, Jenny n'avait pas l'habitude de le voir ainsi, lui qui faisait très attention à son aspect extérieur. Relativement grand, élancé, il n'avait jamais trop pris de poids. Les évènements et sa grande taille lui donnaient un air voûté.

Jenny arriva auprès de lui, ils s'enlacèrent en pleurant. Au bout d'un moment, papa dit combien c'était dur, il était tombé dans les vapes quand il avait appris les évènements. Il avait récupéré un peu. Il disait cela entre deux sanglots.

Le ministre de la défense leur informa qu'au nom du président de la République et du Premier ministre, il adressait à tous les deux leurs plus sincères condoléances. Le gouvernement prenait la responsabilité de n'avoir su protéger leur famille. Le politique leur assénait que la nation était auprès d'eux, il sortit une prose identique à ce qu'avait dit son représentant, mais Jenny s'en foutait, elle était toujours en treillis, avec ses deux sacs, elle allait subir ce que le protocole lui imposait. Elle savait qu'à leurs yeux, ce n'était que de la représentation.

Jenny n'allait pas leur dire, mais au fond, elle trouvait qu'ils avaient bien fait les choses, de la rapatrier aussi vite, et de lui éviter d'apprendre dans le troquet d'un escadron de chasse à Kaboul, à la radio, la mort de sa mère et de Boladji.

Isabelle Plantin était toujours là, à guider les questionnements et éventuellement les réponses de Jenny et son père face aux fonctionnaires, devant le délabrement physique et mental dans lequel ils se trouvaient. Jenny aurait aimé juste se coucher dans son lit, dans son appartement et se réveiller le plus tard possible. Son père ne disait rien, il la regardait, il avait passé le relais, il allait se laisser guider. Chaque question le faisait se retourner vers sa fille et dire que son avis serait le sien.

Les gens présents les informaient que leur présence allait faire l'objet de sollicitations vis-à-vis de la presse et qu'il fallait s'y préparer. Son père disait ne pas vouloir en entendre parler, il ne désirait voir aucun journaliste. Jenny, quant à elle, refusait catégoriquement de passer à la télévision. La question à laquelle elle aurait le plus à répondre, d'après les conseillers, serait : *quelle est votre opinion sur le fait que vous risquez votre vie dans un pays étranger pendant que votre famille se fait tuer à Paris ?* Elle apprit que l'enquête était toujours en cours, que les policiers n'avaient apparemment pas répliqué et donc, seul le terroriste était mis en cause dans l'assassinat de sa mère et de son frère. Ils avaient été tués par balles et non dans le choc des véhicules. Jenny ne savait pas quoi penser, trop de questions se bousculaient dans son esprit.

Une fois une visite médicale prise en charge par une cellule d'urgence médico-psychique à l'hôtel-Dieu terminée, une voiture les attendait pour ramener Jenny et son père chez eux. Jenny avait de l'appréhension à se retrouver à l'appartement seule avec son père, à se regarder en chien de faïence. La séance qui allait lui faire du bien, elle en était certaine, serait d'aller taper dans un punching-ball et de revoir son maître de jiu-jitsu. Plus une séance de Yoga aussi pour essayer de retrouver une paix intérieure.

Elle dit à tout à l'heure à Isabelle Plantin, la remercia de ce qu'elle avait fait pour elle.

Quarante minutes après, ils étaient à l'appartement. Comme prévu, son père s'assit à la table de la salle à manger. Jenny était allée poser ses sacs dans sa chambre, elle se changea et revint dans la salle à manger.

- Tu as prévenu Mamie ?
- Non, tu te doutes, je ne suis pas revenu ici depuis qu'ils ont débarqué à la maison.

Jenny se leva, fit le numéro de téléphone qu'elle connaissait par cœur à Fécamp.

- Mamie, c'est Jenny, bonjour.
- Oh Jenny, ma chérie, tu es où ? Tu es revenue ? Je suis morte d'inquiétude.
- Oui, je suis avec Papa à la maison. Tu es au courant pour Maman et Boladji, quelqu'un est venu te prévenir. Suzanne est avec toi ?

La grand-mère répondit avec douleur, Jenny posait la question, mais elle avait su en l'instant où elle commençait à parler, qu'elle était au courant. Suzanne était une voisine, elles étaient inséparables, elles faisaient des petits voyages ensemble, jamais très loin, elles partaient à Londres, en Belgique ou souvent à Paris. Quand elle était venue à Paris la première fois sans prévenir Maman, qu'est-ce qu'elle s'était mise en colère contre sa mère. Elles habitaient toutes les deux dans une maison jumelée en pierre.

- Oui, c'est elle qui est venue en pleurs me dire ce qu'elle avait entendu à la télévision. C'est abominable. Suzanne ! C'est Jenny ! cria-t-elle pour appeler sa voisine. C'était hier après notre feuilleton, elle a dormi avec moi cette nuit. J'ai essayé d'appeler ton père, puis j'ai appris qu'il avait été hospitalisé hier soir aux actualités. Je ne savais même pas où tu étais, ma pauvre fille.
- Je suis arrivée, il y a trois heures.
- Vous venez me voir ?
- Oui, on vient demain, c'est trop tard, maintenant, on est fatigué, il faut que je fasse quelque chose à manger, Papa est perdu et je ne vaux pas mieux.
- Suzanne a percuté tout de suite dans l'après-midi, les gens ne connaissent pas trop le nom de ton père. Par contre, en fin de journée, quand ils ont parlé d'une Cathy Canuto avec mon petit Boladji. Oh mon Dieu, éclata-t-elle dans un sanglot. Tu sais, je suis forte mais il y a des limites. Elle avait une fille qui revenait d'Afrique ou je ne sais où, qu'elle était dans l'Armée de Terre à se battre pour la France, Suzanne est venue allumer la télé ici. Puis plein de monde est venu, hier soir. Le docteur Tanguy est passé voir si j'avais besoin de quelque chose. Ma petite Jenny, c'est trop horrible, finit-elle en pleurs.

- Oui, Mamie, c'est dur. Jenny pleurait avec elle Cela la consolait de la savoir entourée.
- Mamie, nous venons demain. Il faut que l'on s'éloigne de Paris. Tu fais une grosse bise à Suzanne, il faut que je fasse à manger et j'ai des papiers à faire.
- Je me doute, ma petite chérie.
- On arrive sans doute pour midi. Je te rappelle ce soir, Mamie. A demain, je t'embrasse.
- Bisous, on t'embrasse aussi.

Et elles raccrochèrent ensemble. Le père de Jenny avait perdu ses parents dans un accident de voiture, il y avait déjà quinze ans. Ils habitaient une cité à Montfermeil, et Jenny avait perdu depuis trois ans son grand-père maternel d'un cancer. Elle verrait ce soir ou demain pour téléphoner aux cousins, en Espagne et à Paris. Il y avait deux messages sur le téléphone.

- Tu as des papiers à faire ?
- Non Papa, il faut que je te parle, je ne pouvais pas le dire à Mamie, mais il faut qu'on aille à l'institut médico-légal à Paris pour reconnaître les corps de Maman et Boladji. Sa voix s'éteignit. Il faudrait que tu viennes.
- J'ai peur, qu'est-ce que je vais faire tout seul quand tu repartiras, ma Jenny, tu es tout ce qui me reste.
- Tu viendras pour Maman et Boladji avec moi ? J'ai peur, moi aussi, Papa. J'ai rendez-vous avec la psychologue, mais je voudrais que tu viennes.
- Oui, ma chérie, excuse-moi, j'ai été tellement soulagé de te voir que je me suis déchargé sur toi. Pardon…

Il se leva et vint la prendre dans ses bras, ils pleurèrent d'une douleur sèche, tellement ils avaient versé de larmes. Jenny en avait mal au crâne de cette tension.

Ils se séparèrent au son de la sonnette à l'entrée de l'appartement, cela n'avait pas sonné dans le hall, c'était donc une voisine qui venait aux nouvelles.

Après les embrassades et quelques explications, Jenny alla faire cuire un plat de pâtes, elle ne savait plus à combien de temps remontait son dernier plat chaud. Il fallait qu'elle mange. Un côté de son cerveau lui disait : laisse tomber, va te coucher, serre ton oreiller et dors dix ans ! L'autre côté lui disait : bon sang, remue-toi ! Ton maître de jiu-jitsu te le dit, ne te laisse pas abattre, dirige ton corps et ton esprit. Il en restait que c'était la pagaille là-dedans.

Ils avaient rendez-vous en fin d'après-midi à l'IML[6] avec Isabelle Plantin. Jenny n'avait jamais vu de personne morte autre que son grand-père, que la maladie avait détruit, sa mort sonnant comme une délivrance, mais sa Maman et son frère Boladji. Qu'est-ce que c'était dur ? Elle pensait à leur discussion vingt-quatre heures plus tôt dans le VAB, qu'elle aurait pu tuer quelqu'un, dans le désert. *À ce moment-là, je pourrais tuer quelqu'un, oui !*

Son père était tel un zombie, elle avait eu tort de l'emmener, quelle souffrance de voir le corps d'une personne chère à son cœur, dans un endroit glacé. Pour sa mère, le choc fut dur, mais Jenny avait encaissé, elle savait ce qu'elle allait voir, elle connaissait par cœur sa mère, ce n'était pas de la voir morte qui la meurtrirait, mais son absence. Elle fut bouleversée quand elle vit son petit frère. Elle explosa de douleur, il était à la fois son frère, son petit, elle n'aurait pas osé dire son fils, mais elle l'avait gardé tellement souvent. Et son copain, il y avait tellement de complicité entre eux. Ils voulaient tout savoir l'un de l'autre. Si Isabelle ne l'avait pas soutenue, elle serait tombée. Elle sortit anéantie à son tour après son père.

La présence de la psychologue avait été bénéfique, sa patience et sa compassion avaient été d'un grand secours. Isabelle Plantin avoua à

---

[6] Institut Médico-Légal

Jenny que la situation avait été trop difficile pour apprécier ce voyage, mais qu'elle avait été impressionnée de voir une base française dans un désert du bout du monde en guerre, de voir une femme capable de s'intégrer dans cette ambiance et surtout la féliciter pour son courage, son assurance et sa force de caractère. Elle lui dit qu'elle la recontacterait pour avoir des nouvelles.

Elles se séparèrent sur ce parking.

Une fois à l'appartement, les deux couples amis les invitèrent pour manger. Jenny était évidemment toujours partagée entre l'envie de ne pas parler, de se blottir dans un coin, et la nécessité de communiquer, de bouger. Elle remercia les voisins et ils mangèrent ensemble. Elle parlait de son équipée en Afghanistan. Michelle, une bonne amie de sa mère lui demanda combien de temps elle allait rester, si elle devrait repartir en OPEX.

C'était une question qu'elle ne s'était évidemment pas encore posée et qui la perturba. Elle n'allait pas repartir à Tora, cela, elle en était sûre. Mais il faudrait contacter ses chefs à Nancy pour parler de son avenir. Elle devrait aller à son appartement récupérer sa voiture, elle aurait certainement des documents à viser sur la base. Elle repoussa tout cela à plus tard. Les toubibs de l'hôtel-Dieu lui avaient déjà donné un mois d'arrêt maladie pour récupérer de toute cette souffrance. Son père était à la retraite depuis deux ans et elle aurait besoin de toute l'attention de ses voisins pour briser sa solitude, lui passer un savon de temps en temps pour qu'il se bouge. Il était inscrit à un club de philatélie, il faudrait qu'il s'implique un peu plus dans ce club, Jenny lui parlait comme si on faisait la morale à un enfant. Il allait falloir qu'il apprenne à faire cuire un steak et des œufs au plat, on verrait plus tard pour le bœuf bourguignon, lui disait-elle en souriant avec ses amis. Avant le dessert, elle s'éclipsa dans l'appartement.

- Mamie, c'est moi Jenny, je t'appelle de l'appartement, Papa est chez les voisins, je me suis échappée pour te parler.

- Oui ma chérie, toi, ça va ? Tu arrives à gérer, ton père ne doit pas trop t'aider.
- Non, pas trop, il est un peu amorphe. Mamie, il faut que je te parle de quelque chose d'important, c'est au sujet des obsèques. On fait ça à Fécamp, Mamie ? dit-elle dans un sanglot. Maman aurait préféré, je pense, plutôt que Paris.
- Oui, Jenny, on va faire ça ici, je vais t'aider.
- Je n'ai aucune idée des formalités, si nous avons droit à une concession.
- Nous avons une concession, ton grand-père et moi, je ne pense pas que ce soit possible pour ta maman, elle n'a pas son adresse ici.
- Tu connais Maman, elle préfère l'incinération, tu es bien d'accord avec moi ?

Comment parler d'elle au passé ? Jenny parlait avec le téléphone caché dans son oreille droite en baissant la tête, assise sur le bord du canapé, les yeux fixés sur le tapis.

- Oui, ma fille, je pense comme toi. Je ne suis plus qu'une vieille chose qui vient de perdre son enfant, personne ne devrait subir cela. Je ne peux pas t'imposer quelque chose.
- Je veux ton assentiment, Mamie !
- Tu l'as, je suis d'accord avec toi, ma fille.
- Tu as prévenu tonton Jack ?
- Oui, il attend que je l'appelle, je lui ai dit de ne pas t'embêter tout de suite, il t'appellera plus tard.
- Je pense qu'on peut voir avec le centre funéraire de Fécamp, je ne sais même pas si on a obligatoirement une urne ou si on peut disperser les cendres, on entend tout et son contraire.
- Dès lundi matin, on va les voir, nous verrons bien, tu as une idée de la date ?

- Non je ne sais pas quand on pourra avoir Maman et Boladji, ils sont gardés pour l'enquête, on est allé les voir cet après-midi. C'était horrible, Mamie. Je ne voulais pas t'en parler, finit-elle en pleurs.
- Dis-moi les choses, ma chérie, fais-moi confiance, je suis avec toi, tu es ma seule fille maintenant.
- Oui, Mamie, merci… Avant de partir, demain matin, il faut que j'appelle le centre médico-légal qu'on rapatriera les… enfin Maman et mon petit frère vers Fécamp. Ils prennent tout en charge. Nous essayerons de passer demain après-midi au centre funéraire. Nous arrivons demain pour midi comme prévu.
- Je vous attends, à demain, courage ma fille.
- Oui, répondit-elle dans un soupir.

Elle retourna chez les voisins pour finir le repas, l'ambiance était morose, comment Papa allait vivre cette épreuve ?

Tout aussi bien, il aurait une petite période où il faudrait s'en occuper, et petit à petit, il allait trouver son train-train avec des dames de l'immeuble qui lui feraient un petit plat de temps en temps. Il irait boire un café tous les matins au troquet du coin de la rue et lire son journal comme beaucoup d'anciens se retrouvant veufs. Jenny devrait chercher une femme de ménage, qui viendrait une ou deux fois par semaine, elle savait qu'il ferait un effort avant qu'elle n'arrive pour faire un peu de rangement, il aurait honte d'avoir son appartement en désordre.

Le lendemain matin, départ pour Fécamp, la mamie habitait une maison dans une rue en pente. Les rues de Fécamp étaient propres, pas le moindre détritus au sol, même un pauvre mégot aurait fait tache. Ce n'était pas comme à Paris. La maison était jumelée, donnait un effet de miroir, tellement les deux parties se ressemblaient. Même les rideaux semblaient être identiques. La façade était en pierre, de petites pierres apparentes, de multiples formes sur un enduit jaune orangé foncé. Les chaînes d'angle étaient en grosses pierres de granit sombres, que l'on retrouvait sur les appuis des fenêtres.

Jenny y avait passé du temps, dans cette maison. La toiture était en ardoise avec un chien-assis donnant sur ce qu'était sa chambre là-haut. Elle venait toutes les vacances. Ensuite, c'était devenu la chambre à Boladji. Il venait aussi, quelques week-ends aux beaux jours, la grand-mère se sentait vieille pour garder un petit garnement. Jenny le gardait pendant les vacances scolaires à Joinville-le-Pont, et chaque fois que ses parents avaient des jours, ils venaient tous à la mer.

L'été, Boladji venait trois semaines avec ses parents, il passait le reste au centre aéré. Sauf trois années de suite, après avoir eu son permis, Jenny s'était débrouillée pour que quelques vacances coïncident. Ils avaient pu partir deux semaines tous les deux au mois d'août. C'était la fête, crêpes de mamie, baignade matin et après-midi, promenade et glace le soir. C'était le même programme qu'avec ses parents, mais il était avec sa sœur. Celle-ci allait courir le matin, pendant que monsieur restait au lit, et après un bon petit-déjeuner ensemble, une journée géniale s'annonçait. Ils avaient vingt minutes de marche pour aller à la plage, fous rires et jeux de ballon puis promenades dans les rues escarpées et pentues de Fécamp. Son petit frère dormait bien le soir.

À ses dix ans, environ, Jenny lui avait présenté Michaël, le mécano avion de l'Armée de l'air. Ils étaient allés tous les trois à Fécamp pour un week-end prolongé au mois de mai. Qu'est-ce qu'il avait été jaloux, il avait fait la gueule la première journée. Puis il avait accepté de partager sa sœur avec un inconnu.

Cette maison était plein de souvenirs agréables.

La veille des obsèques, dans le salon climatisé du funérarium, la sergente et sa grand-mère contemplait les deux cercueils en angle de trente degrés, une plante verte dans le coin droit montait au plafond, sans doute artificielle, une sculpture en fer forgé dans le coin opposé. Elles s'approchèrent de leurs proches, elles pouvaient les toucher tous les deux en même temps.

- Je leur ai donné des affaires pour les habiller. Ils sont beaux.
- Oui Jenny, ils les ont bien préparés, ils ont fait du bon travail.

S'ensuivit un long silence, où les pensées vagabondaient. Jenny pensait qu'elle pourrait être dans un cercueil. C'est ce qu'avait peur sa maman, quand Jenny lui avait dit partir en Afghanistan, se battre. Elles s'étaient mises en colère, toutes les deux.

- Qu'est-ce que tu vas faire là-bas ? Je suis sûre que tu es la seule fille à partir te battre. Qu'est-ce que tu vas gagner, à être meilleure que les garçons ?
- Tu m'énerves, Maman, on a eu cette discussion des milliers de fois, j'ai envie d'adrénaline, je ne veux pas être meilleure, j'ai envie de me sentir l'égale des gars de mon régiment. L'armée française se bat sur une terre lointaine, je veux me battre sur cette terre. Et en plus, je ne suis pas la seule, il y a d'autres filles comme moi.
- Tu risques ta vie, tu peux être tuée, je ne sais combien il y a eu de victimes là-bas. Qu'est-ce que je dirai à Boladji, si on va te chercher dans un cercueil.

Dans ce cas-là, Jenny n'avait qu'un seul désir ; aller au dojo, taper sur quelque chose ou parler avec son maître. Elle était dans ses réflexions quand :

- Dis-moi Jenny, ta Maman était pour le don d'organe, lui demanda sa mamie. Ils en ont récupéré sur elle et ton frère.
- Oui, elle avait une carte *Greffes de Vie* sur elle, ils l'ont trouvée. Ils ont demandé à Papa, il a donné son assentiment.
- Tu sais les organes qui ont été prélevés ?

- Pour Maman, juste les cornées et des tissus internes, pareil pour Boladji, ils ont pris son cœur, aussi. Ils ont sauvé un autre enfant avec son cœur.
- C'est une bonne chose.
- Tu te rends compte, Mamie, le cœur de Boladji va peut-être rejouer au foot, encore, dit-elle en sentant les larmes arriver.

A l'issue d'une cérémonie simple à l'église, l'incinération eut lieu au centre funéraire et les cendres furent dispersées dans un jardin du souvenir au cimetière de Fécamp.

L'ensemble de la famille s'était réuni chez la grand-mère pour un apéritif avec les personnes qui étaient venues. L'oncle Jack était là avec les cousins, Fanny et Sébastien. Du côté paternel, Maxime et sa petite famille, étaient venus avec son père, Luis.

Le colonel du camp Valmorin et l'adjudant Barenne étaient présents. Jenny faillit demander à son supérieur direct si les gars étaient revenus avant de se rendre compte qu'elle en était partie seulement depuis une semaine. Il lui semblait qu'il s'était passé une éternité, dans un monde parallèle. Le colonel demanda si elle comptait passer pour quelques paperasseries, ou si elle préférait que les documents lui soient envoyés par courrier. Elle devait aller chercher sa voiture, voir son appartement, elle leur promit d'aller à Nancy la semaine prochaine.

Ils avaient eu des sollicitations, Jenny et son père de la part des journalistes, elle avait refusé toute interview. Des spécialistes en psychologie et des toubibs militaires avaient parlé à la télévision de son état d'esprit, qu'ils semblaient connaître, et elle n'avait aucune envie de les contredire.

- Tu pars à Nancy, chercher ta voiture la semaine prochaine ?
- Oui Mamie, on va d'abord à Joinville, je laisse Papa et je vais à Nancy en train. J'ai des formalités sur la caserne, et je reviens à Paris avec ma voiture. Il va falloir que je prépare

Papa à sa nouvelle vie, une femme de ménage, lui apprendre à faire à manger, etc.

- Tu reviens me voir, hein Jenny ? lui dit-elle en une prière qui l'émut.
- Bien sûr, Mamie, je reviendrais souvent, promis.

Elle, si forte, avait pris un coup au moral. Avec ses soixante-quatorze ans, il allait falloir faire attention à elle. Son mari, il y avait trois ans puis sa fille et son petit-fils, c'était beaucoup.

Tout se passa, ni très bien, ni trop mal. Le père de Jenny prit l'habitude d'aller boire son café le matin dans le bistrot du coin de la rue. Il lisait son journal, parlait avec les habitués des choses de la vie, des paroles de bistrot, dire du mal du pouvoir, des politiques et des journalistes, des sportifs, des gens de la télévision, des artistes.

Sa fille lui trouva une personne gentille qui venait lui faire du ménage deux fois par semaine. Papa ne voulait pas être là. Il lui faisait entière confiance, il allait à son club de philatélie.

Il était joueur, un peu le tiercé, le loto, les tickets à gratter, Jenny avait peur qu'il en devienne accro, se laisse aller à la griserie du jeu et qu'il dépense des sommes folles. Les indemnités consécutives aux préjudices subis étaient élevées. Il n'en serait rien. Cet argent n'allait pas lui monter à la tête. Leur appartement, à Maman et Papa était payé. Avec sa retraite, il disait même avoir trop d'argent.

Le midi, il nommait ceci sa grosse dépense, il allait prendre l'habitude de manger dans la même brasserie le plat du jour avec un quart de vin.

Le soir il se faisait une salade, une soupe en sachet ou une omelette, il se débrouillait.

Mamie continuait à vieillir, avec Suzanne, elles avaient repris leurs habitudes, elles étaient fortes à toutes les deux. Leurs maris, décédés tous les deux depuis quelques années, ne s'entendaient pas trop. La complicité qui les unissait, maintenant, les faisait rire. Jenny allait les voir régulièrement et le train-train des personnes âgées filait vers l'issue fatale, évidemment.

Ce fut plus dur pour la sergente, ses premiers contacts avec la caserne, quinze jours après l'attentat, avaient été courtois, de l'administratif, paiements des primes pour les OPEX et position administrative : arrêt maladie, celui d'un mois donné par le docteur de l'hôtel-Dieu. Au bout de cette période, passage à l'infirmerie de la base, l'arrêt maladie était reconduit un mois de plus. Jenny voulait reprendre une activité, elle commençait à être lasse de s'emmerder, mais sa position de combattante, le fait que son travail de tenir un fusil armé dans les mains, les docteurs l'avaient prolongé un mois de plus. Jenny était morose, chez elle dans son appartement, Papa pensait qu'elle avait repris le boulot. Elle allait devenir folle.

Au bout de 3 jours, elle demanda un entretien avec le colonel. Il eut lieu le vendredi. Le capitaine et l'adjudant Barenne accompagnaient la sergente. Elle pénétra dans le grand bureau du chef de la caserne. Sur le côté, des vitrines contenaient des fanions des différents groupes et des miniatures des engins utilisés dans le génie militaire, souvent données par les industriels fournissant ces équipements. Le bureau était en L avec quatre chaises devant pour les réunions et les convocations. Après s'être acquittée des salutations réglementaires :

- Je suis dans une impasse, mon colonel, je suis sûre que les médecins ne veulent pas me rendre l'aptitude à mon métier, je fais quoi, moi ? Je passe un an en arrêt maladie ? Jenny n'avait pas l'intention de se lamenter, mais de ruer dans les brancards.
- Le médecin-chef a eu tous les rapports des psychologues et cela m'étonnerait qu'ils me trouvent la tête à l'envers, continua-t-elle avec le même aplomb.
- Oui sergent, j'ai eu un entretien avec le médecin chef ; pour l'instant, il ne vous voit pas avec une arme. Je ne suis pas

docteur, je ne peux pas aller à son encontre, vous le savez bien. Pourquoi n'essayiez-vous pas de changer de spécialisation, conducteur d'engin ou transmission, par exemple ?

- Non je reste au combat, c'est la seule chose que je veux faire, vous me virez de l'armée ou je reste combattante, avec un Famas armé et des chaussures pleines de boue.

- Je prends acte de vos volontés, il vous reste trois semaines d'arrêt, profitez-en pour réfléchir.

- J'aurais été un mec, qu'est ce qui se passerait ? Il aurait le même avis, le docteur. On lui donnerait le choix, à ce mec, entre un tracteur et une radio, ou il aurait le droit de faire son job.

- Arrêtez, Canuto, vous savez que c'est faux, vous en êtes la preuve ici même avec vos notations et vos appréciations, et la confiance qu'on vous porte ici.

- Qu'on me portait mon colonel. Je ferai un recours administratif si je ne peux reprendre mon métier, et si cela ne marche pas, j'irai en justice, j'ai refusé tout contact avec la presse, mais si je dois partir de l'armée, je pourrai leur parler.

- Canuto, si vous n'étiez pas en arrêt maladie, je vous aurais mis trente jours d'arrêt pour ce que vous dites.

- Je me doute, mais je m'en fous, je serai mieux au trou ici qu'à me faire chier dans mon appartement. S'ensuivirent quelques secondes de silence qui laissèrent le temps au colonel de réfléchir.

- Sergent, on va essayer de se calmer et d'avancer. De toute façon, je ne peux rien faire ces trois semaines. J'aurai des entretiens avec tous les protagonistes, vos chefs et les médecins. Je veux vous voir au bout de ces trois semaines avant d'aller voir le toubib.

- Oui, mon colonel, répondit-elle à bout d'arguments, l'adjudant n'avait soufflé mot.
- Vous pouvez disposer si vous n'avez pas d'autres requêtes.
- Bien, mon colonel.

Jenny rentra à Joinville-le-Pont faire une bise à son père et taper dans un punching-ball au Dojo.

Trois semaines plus tard, elle était à la porte du colonel avec l'adjudant, celui-ci ne voulait ou ne pouvait pas lui dire à quelle sauce elle allait être mangée. En tenue de travail, avec ses écussons de groupes de combat sur son épaule, elle rentra dans le bureau. .

- Mes respects, mon colonel.
- Bonjour sergent Canuto. Bien, j'ai donc eu des entrevues avec les responsables médicaux, je ne peux déduire ce qui va se passer tout à l'heure quand vous verrez le toubib en chef. J'ai donné ma vision des choses, c'est tout. Vous êtes consciente que nous sommes dans une situation particulière.
- Et quelle est votre vision des choses, mon colonel ?
- Pour ma part, je suis disposé à vous faire réintégrer le groupe de combat, je ne suis pas médecin, mais je pense que je peux vous faire confiance. Je ne vois pas d'inconvénient à ce que vous soyez armée sur la base. Il avait appuyé sur ces trois derniers mots.
- Sur la base ? Vous voulez dire que je ne pourrai sortir de la caserne avec mon arme et donc jamais plus retourner en OPEX.
- Vous dites jamais, non ! Ce que je peux vous dire, à l'instant d'aujourd'hui et sauf contre-avis, les médecins veulent bien vous rendre apte à votre métier. En surveillance, ils vont vous positionner inapte temporaire pour les missions

Vigipirate, Opérations Intérieures et Extérieures. J'appuie dessus, pour l'instant, c'est temporaire.

- Pff... Jenny n'arrivait qu'à lancer un soufflement, elle avait pris un choc.
- Canuto, il faut aussi comprendre les toubibs, vous vous imaginez à Paris, armée en réel, après ce qui vous est arrivé.
- Vous croyez, que dès que je verrai un musulman avec une djellaba, je vais tirer sur tout ce qui bouge ?
- Non, sergent, mais il y a eu un choc psychologique, vous ne pouvez pas le nier ? Aller vous chercher en Afghanistan pour vous ramener ici et vous annoncer qu'un terroriste a tué votre famille, ce n'est pas commun. Ils ouvrent les parapluies, ils sont obligés de prendre des précautions, vous comprenez ?
-
- C'est temporaire, vous devez garder cela en tête. Ils finiront peut-être par comprendre et accepter votre réintégration, je pense que tout cela doit se tasser. Et, méfiez-vous, votre forte tête chez le médecin les confortera dans leurs décisions.

Jenny restait sans voix, ne savait que penser.

- Mon adjudant, vous en pensez quoi ? demanda l'officier.
- Mon colonel, au niveau des toubibs, rien de plus que ce que vous dites. Pour ma part j'ai entièrement confiance au sergent et à sa capacité face à d'éventuelles surprises dans une gare ou ailleurs. Canuto, nous pouvons vous proposer de reprendre la formation des jeunes bleus. Quand votre équipe sera là, vous travaillerez avec eux ? finissait-il sans la convaincre vraiment.
- Canuto, reprit le colonel, si je ne me trompe pas, vous reprenez du service après votre entretien avec le médecin-

chef. Vous avez rendez-vous en début d'après-midi, c'est cela ?

- Oui mon colonel.
- Bon appétit, alors. Mon bureau est toujours ouvert, sergent.

Jenny salua après avoir compris que l'entretien était terminé et partit attendre l'adjudant dans son bureau.

- Vous en pensez quoi, mon adjudant ?
- Méfiez-vous, sergent, c'est allé loin. J'ai eu quelques indiscrétions, le colonel a été convoqué au ministère de la défense, vous avez fait peur à tout le monde.
- C'est tant mieux pour moi, alors.
- Oui et non, ils font dans l'urgence, pas de vagues, la pression médiatique avec votre histoire encore fraîche, votre photo passait en boucle à la télévision, il y a encore un mois.
- Mais, mon adjudant, vous ne me croyez pas capable de faire une connerie, à Vigipirate ou en OPEX ?
- Non, mais s'il y a une bagarre, par exemple dans une gare et vous êtes dans le groupe, même si vous n'êtes pas impliquée, les journalistes vont vous tomber dessus, et à bras raccourci sur l'administration.
- Ça me déglingue, qu'est-ce que je vais faire, si je ne pars plus en OPEX comme combattante, je n'ai plus rien à faire ici.
- Un de mes collègues a été confronté à un accident au pas de tir, il y a eu un mort. Le copain n'était ni victime, ni responsable, il était là. Les toubibs l'avaient mis inapte, il ne touchait plus une arme, ça a mis plus de 6 mois.

Jenny réfléchissait à ce que venait de dire son supérieur.

- Écoutez, ne faites pas de vagues, Canuto. Reprenez votre activité ici, avec votre équipe, avec le temps, tout s'oublie, vous verrez. Dans un an, les toubibs ne se souviendront plus pourquoi ils vous ont mise inapte.

- Je n'attendrai pas autant, je ne sais pas ce que je vais faire, mais je ne passerai pas tout ce temps prisonnière dans cette caserne.

Jenny était dégoûtée, tous ces efforts pour rien.

- Votre famille, elle va bien ?

- Oui, je m'inquiétais pour mon père et ma grand-mère, ils s'habituent, tout doucement, et c'est moi qui vais craquer.

- Allez, courage, il faut remonter la pente, dites-vous que vous recommencez un challenge, vous avez le courage d'y arriver.

- Il faut que j'y aille, mon adjudant, je dois manger et je vais voir les toubibs.

- Le colonel vous a dit pas d'esclandres chez eux. Là, il a fichtrement raison. Ils s'en foutent eux, l'inaptitude, c'est juste un papier pour eux.

- Je serai sage comme une image, mon adjudant. En essayant de faire de l'humour, mais le cœur n'y était pas.

Comme convenu, Jenny reprit son travail sur la base. Au bout d'un mois, les gars revinrent d'Afghanistan, ils racontèrent des choses belles, d'autres moins belles.

Un mois passa encore, Jenny faisait son boulot comme avant tout ce merdier, puis son équipe fut désignée pour Vigipirate. Elle prit une claque, se retrouva seule. Elle fit une connerie avec un enfoiré de sergent, disant qu'elle prenait la place de quelqu'un qui lui, serait apte et participerait aux contingents pour Vigipirate. Ils s'engueulèrent, Jenny le traita de fils de pute, il voulut lui mettre une baffe, elle lui cassa le nez. Retour chez le colonel avec l'adjudant Barenne.

- Canuto, merde, vous devez raser les murs et vous cassez le nez d'un collègue.

- Il l'a bien cherché, mon colonel.

- Il en a pour un mois, merde ! Du moins, il n'a pas parlé à l'infirmerie, il n'y aura pas de rapport à l'infirmerie. Je vous mets dix jours d'arrêt pour bagarre, vous serez consignée sur la base.
- Oui, mon colonel.
- Et en plus, il était prévu pour le contingent de lundi prochain pour Vigipirate, bon sang.
- Je peux le remplacer, mon colonel.
- Dégagez, Canuto, vous m'emmerdez ! Et que cela ne se reproduise plus !

La jeune sergente salua, fit demi-tour et sortit du bureau. Elle eut le temps d'entendre le colonel dire à l'adjudant que personne ne s'y risquerait, sans doute, à la provoquer. Elle se dit qu'ils avaient beau l'avoir à la bonne, cela n'arrangeait pas ses affaires. Elle allait passer une mauvaise période, même le Jiu-jitsu allait l'emmerder, c'est pour dire. Elle pensait partir de l'armée, mais pour faire quoi.

Elle allait trouver la solution en regardant les actualités, elle savait quoi faire, elle avait plein de choses à régler, mais, oui elle était décidée. Il lui faudrait une petite année de préparation…

Joinville-le-Pont, le vendredi 19 avril 2013.

Assise à la table de la salle à manger, Jenny repensait à ce qui l'avait amené ici. Elle voyait cette photo, Maman et Boladji, heureux, le rire sur les visages. *Ils étaient allés tous les trois à Disneyland, Papa avait pris la photo.* Jenny venait de rentrer à Saint-Maixent.

Elle attendait son père pour lui expliquer ce qu'elle allait faire. Il était encore temps de revenir en arrière, mais elle savait que sa décision était prise, elle s'était tenue à carreau dans la caserne pour être libre de se préparer, il y avait eu quelques formalités, d'ailleurs pas toujours légales.

Elle entendit son père entrer dans l'appartement, il avait dû voir sa voiture dans la rue.

- Jenny, tu es là, c'est bien toi. Je ne savais pas que tu viendrais. Tu es là pour le week-end ?
- Bonjour, Papa, son ton grave lui mit la puce à l'oreille.
- Hum, tu as quelque chose d'important à me dire. Ce n'est pas trop grave, j'espère.
- Oui, non ! Mais attend, je vais t'aider à ranger tout ça.

Il revenait de course. Il avait un sac de congélation avec des légumes, quelques plats préparés et de la glace, il était gourmand. L'autre sac contenait entre autres des œufs et des pâtes, un de ses plats qu'il se faisait en solitaire les soirées.

- Papa, tu vas bien ?
- Oui, ma chérie, je me gère. Il ne reste que la tristesse et la perte de ta maman et de mon petit gars Boladji que j'aimais tant. J'avais peur, en pur égoïste, peur d'affronter tout cela, la solitude, aucune aide, aucun appui, aucune engueulade et plus de réconciliation.
- C'est sans doute humain.
- Je n'en sais rien, mais je m'habitue à cette vie. Ce dont j'avais peur ne me fait plus peur. Je ressens maintenant le manque. Je passe des nuits à m'imaginer qu'ils sont vivants.

Je m'invente des complots. Ils sont là, parmi nous, et je ne dois rien dire à personne. On fait la classe à Boladji et je suis heureux.

- Oui, j'ai eu le même rêve avec Boladji, on le retrouvait, il avait perdu sa mémoire, sa photo passait à la télévision et il était à nouveau avec nous.
- Toi, Jenny, qu'est-ce qui t'arrive ?
- Papa, on va préparer et manger quelque chose, ensuite je te parlerai.

Après avoir mangé, Jenny parla à son père :

- Papa, je vais partir loin, je ne supporte plus d'être mise sur la touche. Il me faut de l'action. Ils m'empêchent de faire mon boulot. Tu te rends compte, j'ai passé quatre ans à travailler, à apprendre, à me confronter aux mecs, c'était tous les jours un combat. Maintenant que c'était presque gagné, j'avais obtenu ce que je voulais. Je pouvais faire ma carrière dans les quatre coins du monde avec une activité qui me plaisait. Ils me rejettent maintenant, je vais partir loin, Papa. Je ne sais pas quand je reviendrais. Elle dit cela d'un bloc en se disant qu'elle n'était même pas sûre de revenir.
- Qu'est-ce que tu veux dire par loin, Jenny, je pourrai venir te voir. Un coup d'avion et je viens. Je ne dépense rien, je n'ai pas envie de voyager, de faire un tour du monde sans ta mère, dit-il avec des larmes dans la voix, mais si c'est pour venir te voir, je peux faire un effort.
- Papa, tu ne pourras pas venir me voir.
- Tu ne pars pas sur la lune, quand même ? commençait-il à s'énerver.

Et sa fille lui expliqua ses préparations, ses trahisons et son voyage, ils en parlèrent une bonne partie de la nuit. Il était passé par tous les sentiments, de la peine, des pleurs, de la peur, de la fierté peut-être. Il savait qu'elle ferait ce qu'elle avait décidé. Son avion était le lendemain, à Charles de Gaule et elle serait dans cet avion en direction d'Istanbul. Elle ne voulait pas qu'il vienne à l'aéroport.

Tard dans la soirée, une fois dans sa chambre, elle vérifia ses passeports et la somme d'argent de trois mille euros cachés en plusieurs endroits de ses effets ; dix billets de cent dans la doublure de son blouson, cinq autres billets cachés dans un cadre derrière une photo de moyenne qualité trouvée sur internet. Elle représentait un couple d'origine méditerranéenne, dans une rue en Europe. Lors d'une fouille éventuelle des bagages, Jenny pourrait avouer être ses parents. Ses racines espagnoles, son teint mat pourraient donner le change. Elle allait garder mille euros sur elle, dans une sacoche avec son passeport et une carte de crédit internationale. Elle laissait son permis et sa carte d'identité française. Les autres billets étaient cachés dans son sac. Après avoir décousu les doublures intérieures au niveau des épaules de son blouson, elle mit d'un côté un autre passeport, de l'autre, un petit carnet, dont elle avait arraché les feuilles de façon à avoir la même épaisseur. Entourés de gazes, une fois les épaulettes recousues, les deux carnets étaient bien cachés et une personne qui la fouillerait aurait juste l'impression d'un rembourrage au niveau des épaules.

La température était douce où Jenny se rendait, c'était aussi le printemps. Elle allait s'habiller d'un jeans, un tee-shirt avec une veste de randonnée légère style Softshell et ses Caterpillar. Elle vérifia son billet d'avion, il décollait à 10 h 00 à Roissy.

Le lendemain, à huit heures, elle était à Roissy, direction le terminal F2. Cela lui rappelait des vacances en Grèce pour une semaine de plongée, elle était seule et cela avait été une semaine sublime où elle nageait au milieu de poissons multicolores. Elle avait vu des phoques et des dauphins le long des îles grecques, visité des grottes sous-marines, déniché des épaves de galions. Le périple était génial. Elle fit une autre virée en crête, avec son ex, Mikaël ; belles randonnées les journées, bons repas en soirée, raki et ouzos, ils en avaient abusé plus d'une fois.

En tant que ressortissante française, Jenny était dispensée de visa pour un séjour touristique en Turquie ne dépassant pas 90 jours, son passeport devant être valide au moins 150 jours après la date de l'entrée en Turquie. Les échanges touristiques entre les deux pays étaient tels que les visas avaient été abandonnés.

A la porte F34 Air France, elle posa son sac sur le tapis, montra son passeport et son billet imprimé chez elle, la préposée à l'enregistrement des billets bidouillait sur son ordinateur. Une fois les formalités terminées, le poids de son sac vérifié, la petite blonde d'Air France démarra le tapis roulant et son bagage s'enfuit vers les tréfonds de l'aéroport.

- La Turquie est agréable au printemps. Vous y allez pour du tourisme ? lui demanda la jeune femme.
- Oui, je passe deux jours à Istanbul. Ensuite je rejoins des amis à Antalya. Ils ont loué une maison près de la mer.

Jenny avait appris sa leçon par cœur, c'était son premier mensonge qui faisait que bientôt, elle ne pourrait plus faire demi-tour.

- Oh, Antalya, c'est beau. À la plage, l'eau va être froide, mais il y aura peut-être une piscine. La station balnéaire est superbe.
- Oui, je ne connais pas, les amis me réservent de bonnes surprises, paraît-il.
- Le coin va vous plaire, j'en suis sûre, bonnes vacances, alors.
- Merci.

En attente, Jenny déambulait au milieu des Duty Free, tels que Swarovski, Hermès, Hugo Boss et bien d'autres. Elle pensait à Aicha. C'était la seule de ses deux copines avec qui elle avait gardé un contact. Avec Donia, elles s'étaient engueulées une fois quand elle fricotait avec des mecs pas possibles. Ceci, ajouté avec l'éloignement, avait fait qu'elles s'étaient perdues de vue. Aicha était toujours à Paris, elle avait deux enfants et vivait avec son mari Ercan, qui était dans leur bande à l'époque. Jenny ne le voyait pas souvent. Après les évènements, Aicha lui avait fait du bien, le plaisir de rigoler avec ses deux petits, même son mari qu'elle avait vu à ce moment avait été agréable et compréhensif.

Il y a quatre mois, c'était pourtant lui que Jenny était venu voir, elle savait qu'il touchait à beaucoup de choses pas toujours légales, Jenny avait besoin de ses connaissances.

- Ercan, j'ai besoin de quelque chose de particulier et pas de questions.
- Oh ! Tu es bien sérieuse, Jenny.
- Au nom de notre enfance, j'aurais besoin de tes contacts pour quelque chose d'illégal. Comme tu te doutes, après nos déboires à mon père et moi-même, j'ai de l'argent.
- Eh tu veux quoi ? demanda-t-il un peu moqueur.
- Tu me promets que tu resteras discret et pas de question.
- Oui, vas-y. Au fait, qu'est ce qui te fait penser que je suis capable de te trouver quelque chose d'illégal ?
- Te fous pas de moi, tu as un boulot correct, mais je sais que tu as des contacts dans le milieu.
- Je t'écoute, répondit-il en grimaçant.
- Il me faut un passeport turc avec une fausse identité, je ne m'en servirai que quelques jours. Après, je le détruis.
- Pff ! Ça va te coûter cher, de faire du tourisme. Tu vas mettre une bombe là-bas ?
- T'es vraiment un con, Ercan.
- Oui, oui, je sais, dit-il en riant. Tu auras un nom et un prénom en fonction de ce que je trouve, il te faudra une photo.
- Tiens, en voilà même deux, je dois être née en 1989 à Paris.

- Je devrais trouver, mais je ne sais pas dans combien de temps tu pourras l'avoir, ni combien ça va te coûter.
- Tu sauras quand ?
- Téléphone-moi dans cinq jours, je m'occupe de toi, ma petite Jenny.
- Oui, c'est ça.

Une vingtaine de jours plus tard, Jenny avait son passeport, cela lui avait couté deux mille euros.

C'était ce passeport turc au nom d'Esma Tabriz que la jeune femme avait caché dans la doublure de son blouson.

Ses cheveux avaient repoussé depuis l'Afghanistan, elle était coiffée les cheveux tirés en arrière et serrés par un élastique. Ils dépassaient juste de cinq centimètres après le lien. Avec ses lunettes de soleil sur le devant du crâne, elle jouait parfaitement la touriste allant se promener au soleil. Elle flânait dans une boutique de parfum, testait quelques parfums, ce n'était pas trop dans ses habitudes de faire les magasins. Là, elle avait une excuse pour jouer la fille badant les produits de luxe dans les rayons. Dans une boutique suivante, elle vit un truc sympathique et rentra, c'était une marque de vêtements connue.

- Bonjour, Madame, vous avez vu quelque chose qui vous plaît ? Une bimbo en tailleur sexy s'approcha de Jenny.
- Bonjour, j'ai vu les écharpes à l'entrée, vous pourriez me montrer ce que vous avez, s'il vous plaît.

Le magasin était tout en bois exotique, des toilettes et des étoles présentées, toutes plus belles et plus chères, les unes que les autres.

- Oui, j'ai des choses intéressantes, c'est à la mode. Regardez-moi ces petits foulards en soie, disait-elle tout en s'approchant du stand à sa gauche. Quoique, pour vous, attendez un peu, vous êtes type aventurière, non ? Les écharpes en mousseline, non plus. Ah ! Je crois avoir ce qu'il vous faut, ce joli chèche froissé maille chinée vous irait très bien. À moins que ce soit pour un cadeau ?

- Non, c'est pour moi. Je crois avoir vu effectivement un chèche en vitrine.

Avec ses Caterpillar, son jeans et son blouson de randonnée, c'était sûr qu'elle faisait plus baroudeuse qu'en tailleur chic et talons hauts.

- Celui-là vous irait très bien. Vous permettez ?

Elle plia en deux la bande de tissu, passa l'écharpe autour du cou de Jenny et noua l'étoffe au niveau de sa poitrine. Cela lui donnait un petit air chic. Avec le parfum de luxe qu'elle avait essayé un peu avant, la carte de la séduction pourrait l'aider dans la première partie de son voyage.

- Oui, je vous le prends. S'il y a beaucoup de soleil où je vais, je peux l'entourer autour de ma tête pour me protéger ?

- Sans doute, l'air très légèrement outré, mais je vous avoue que je ne sais pas comment faire.

Comment une si belle pièce pouvait-elle servir à voiler sa tête, et pourquoi cacher un brushing ? Il suffisait d'un chapeau pour se protéger du soleil, ou d'une ombrelle, pensait-elle.

Jenny paya et s'en alla continuer sa promenade le long des boutiques en attendant son départ.

Dans les couloirs de l'aéroport, elle croisa les collègues de l'Armée de l'air qui patrouillaient dans le cadre de Vigipirate. L'Armée de Terre surveille les villes et les gares, tandis que les aéroports sont gérés par les gonfleurs d'hélices. Ils étaient en binôme, avec un Famas dans les mains. Sur les trois patrouilles que croisa Jenny, il y avait deux filles, une sergente et une sergente-chef. Elles portaient des calots. Même si Jenny avait essayé de récupérer son aptitude à Vigipirate, elle ne les enviait pas trop, faire des rondes toute la journée, des décisions rapides à prendre sur un bagage perdu, des salopards qui leur crachent dessus ; Que peut-on faire ? Non ce n'est pas drôle, Vigipirate. Elle aurait aimé discuter avec ces soldates d'un autre métier, mais elle était en mission, elle n'avait pas trop envie de se faire remarquer.

Il allait être l'heure du décollage, elle se rendit vers le tunnel d'embarquement sans remarquer un homme d'une quarantaine d'années qui la suivait dans l'avion. Il était grand, au moins un mètre quatre-vingt-cinq, séduisant, des épaules imposantes, un visage carré, châtain foncé. Il y avait une certaine aisance dans son allure, un peu sportive. Il portait, sur un sweat de marque, une veste de costume et un pantalon assorti. Jenny le trouverait peut-être à son goût, si elle n'était absorbée par son départ, et si ce personnage n'était expert pour se fondre dans l'espace. En effet, si la jeune femme avait eu une plus grande expérience de la clandestinité, elle aurait pu voir qu'elle faisait l'objet d'une filature discrète depuis son arrivée à l'aéroport.

À dix heures, son avion décollait, il allait atterrir à Istanbul quatre heures après.

Elle allait débarquer dans la mégapole turque, une parmi les plus grandes du monde, découvrir cette ville assez surréaliste. À cheval sur deux continents, l'Europe et l'Asie, Istanbul est coupée en deux par le détroit de Bosphore. Elle est dans le top dix des villes les plus visitées au monde, mais ce n'était pas du tourisme que Jenny allait faire. Elle savait bien parler l'arabe, mais non le turc qui en est loin. L'alphabet turc est, à cinq ou six lettres prés, le même qu'en Europe occidentale.

Lorsque, dans la station balnéaire d'Antalya, sa prochaine destination, elle allait dévoiler son identité turque, changer de passeport et cacher son passeport français, elle ne savait combien de temps elle allait devoir garder cette origine turque. Elle devait avoir un semblant de vécu turc. Pour expliquer le fait qu'elle ne parlait pas la langue, elle allait avouer avoir vécu sa jeunesse en France, puis en Espagne et n'avoir appris que quelques mots de turc avec ses parents.

Elle allait donc se promener dans les quartiers populaires pour sentir l'atmosphère, pour se trouver un quartier d'origine, s'inventer un passé, évidemment sommaire, elle n'y avait jamais vécu. Ce passé imaginaire, seuls ses parents lui en auraient parlé.

Les formalités au débarquement s'effectuèrent sans problème. Le policier des frontières turc, dans son aubette, contrôla son passeport, elle répondit tourisme à la question traditionnelle en un tel endroit. Elle se renseigna pour voir les vols pour Antalya le surlendemain et acheta son billet pour la station balnéaire, à environ six cents kilomètres d'Istanbul. Elle sortit de l'aéroport en se dirigeant vers un taxi, *Taksi* en turc, ils étaient facilement repérables à leur couleur jaune criard.

- Bonjour, vous pouvez m'amener dans le quartier de Galata, demanda-t-elle au chauffeur en anglais.
- Pas de problème, Madame, répondit-il dans un anglais sommaire mais efficace, vous voulez le parcours direct ou le long de la côte.
- Je suis venue pour du tourisme, je veux bien prendre la route le long de la mer.
- Bien, Madame, vous en aurez pour une trentaine d'euros, il y en a pour trois quarts d'heure.
- OK.

Jenny avait étudié un peu la ville lors de la préparation de son voyage. L'aéroport est au sud de la ville. Pour aller vers le centre, on prend l'avenue Kennedy le long de la mer de Marmara. Cette avenue arrive sur une péninsule, le fameux quartier Sulthanamet, où se trouvent la plupart des sites importants comme la mosquée bleue, la basilique Sainte Sophie ou encore le palais de Topkapi. En contournant cette péninsule, on débouche vers l'ouest sur la corne d'or, estuaire de la rivière Kağıthane et vers le nord, sur l'entrée du détroit du Bosphore.

Jenny avait cherché un quartier au centre-ville, possédant une belle histoire, pas trop touristique. Son choix s'était porté sur le quartier de Galata, dans le district de Beyoğlu.

Elle était dans ses pensées à regarder la mer et les plages le long de l'avenue Kennedy. En ce mois d'avril, avec une météo maussade, il n'y avait évidemment personne dans l'eau. L'été, cette ville immense qui allait se baigner, cela devait être noir de monde. Jenny voyait des magasins d'équipements de plage, des clubs de voile ou de plongée, ce n'était pas la peine de rêver, elle n'aurait pas le temps. Des paillotes encore inoccupées attendaient les touristes.

- Vous êtes anglaise, Madame ?
- Non, dit-elle en souriant, je suis française, je viens juste voir les lumières la nuit sur le Bosphore, je repars après-demain pour Antalya, voir des amis.
- Elles sont jolies, les Françaises, je les préfère aux anglaises, dit-il avec un grand sourire.
- Merci, vous avez un beau pays, il y a beaucoup de touristes ?
- On commence à les voir arriver avec le printemps et les beaux jours, ça va faire du bien au portefeuille. L'hiver, c'est triste ici. C'est plus agréable à Antalya au bord de la Méditerranée, il fait plus chaud et les plages sont plus belles.
- J'ai vu des photos, le coin a l'air génial.
- Si vous aimez les coquillages et les crustacés, vous serez servie là-bas. Il y a des crabes monstrueux, les palourdes, c'est du velours.
- Ah, il me tarde, mais je veux voir votre grande ville en premier.
- Regardez, Madame, après le virage, on arrive à la corne d'or, il y a le pont là-bas. À droite, vous avez le détroit.
- C'est une légende que les sous-marins russes le traversent quelquefois ?

- Régulièrement. Il y a la mer noire de l'autre côté avec l'Ukraine, Sébastopol et la Crimée, et donc la Russie qui abrite de nombreuses bases. Normalement, ils doivent traverser en surface. En mission secrète, les Russes doivent s'asseoir dessus, sur le droit international. Quand ils ne veulent pas que l'on connaisse leur départ, ils doivent passer sous l'eau, mais ce n'est pas très profond.
- Vous connaissez un petit hôtel pas trop cher et sympa dans ce quartier de Galata.
- Avec le tramway à cinq minutes, pas de problèmes, je vous trouve cela.
- Merci.

Après avoir payé et quelques amabilités partagées avec le Stambouliote, Jenny se rendit à l'hôtel de la Corne d'or. Elle loua une chambre pour deux jours, la chambre était propre avec deux lits simples, des couvertures aux ornements de tapis orientaux, des voilages aux fenêtres et des lourds rideaux sombres pour obscurcir la chambre. Celle-ci était équipée d'une salle de bains immaculée. La chambre était au quatrième étage. De la fenêtre, derrière les toits rouges de tuiles, se dessinait au loin une petite tache bleue, le détroit du Bosphore qui se jetait dans la mer noire.

Une fois rafraîchie, Jenny descendit à l'accueil, le réceptionniste lui proposa des cartes d'Istanbul. Jenny était déterminée à faire ce pourquoi elle avait entrepris ce périple. Elle savait que ce serait dangereux, et elle prenait cette halte comme un répit. Elle avait été pendant quelques mois dans la tristesse, ensuite la colère, puis dans la préparation de ses projets. Elle allait prendre ces 2 jours pour du plaisir. De bonnes chaussures, un plan de la ville, elle allait faire la touriste. Après tout, c'était ce qu'elle était censée faire. Elle avait changé des euros pour des TL, des livres turques. Beaucoup de commerçants prenaient la monnaie européenne, mais pour boire un thé dans une échoppe, c'était plus agréable d'utiliser la monnaie turque, c'était obligatoire pour le métro ou le tram.

Elle mangea dans un restaurant une soupe froide au yaourt à l'aneth, puis des Dolma. Ce sont des feuilles de vignes farcies de viande de mouton hachée, de riz, d'oignons et d'épices. En dessert, elle prit un Künefe, un dessert fait de fromage fondu entre deux couches de cheveux d'ange revenus au beurre. L'ensemble, grillé au four et servi chaud dans un sirop, était bien bourratif. Jenny était bonne pour se faire encore un tour du quartier

Le lendemain, elle continuait son périple, elle alla en métro au centre touristique de la ville où elle mémorisa les principaux édifices de cette belle ville. L'après-midi, elle retraversait le pont de Galata en tram, elle aimait cette ville, trouvait agréable à se fabriquer un passé.

La tour Galata appelée aussi Christea Turris, domine le quartier du même nom. Elle culmine à environ soixante-dix mètres, datant de l'époque médiévale. La vue sur la ville était époustouflante. Au nord le quartier d'affaire avec ses gratte-ciel, puis la mer noire de l'autre côté du détroit, que Jenny devinait malgré la pollution urbaine. Au sud, la mer de Marmara et plus loin, se dessinait un autre détroit, les Dardanelles, lourd d'histoires comme de légendes. Ce goulot débouche sur la mer Égée, à la porte de la Méditerranée.

Jenny avait mémorisé le nom du quartier, elle resterait laconique sur un nom de rue où ses parents imaginaires auraient pu vivre. Ils s'appelaient Halik Tabriz pour son père et Ceylan Khani pour sa mère. Son père était turc et musulman, sa mère d'origine kurde et catholique. Née en 1989 à Paris, ils l'avaient surnommée Esma Tabriz, du nom paternel. Son père avait travaillé dans les ambassades en France, puis en Espagne, à Madrid. Ils étaient en froid avec leur famille. Morts à Madrid dans un accident de voiture, Jenny avait fini son adolescence avec un oncle Tabriz et une tante qu'elle appelait Aicha. Durant sa jeunesse, elle avait pratiqué les arts martiaux et fit partie d'un club de tir à Madrid pendant douze années. Ainsi était le passé que s'était inventé la jeune Française.

Dans les rues d'Istanbul, Jenny tomba sur le marché aux épices, place d'Eminönü, elle respirait les bonnes odeurs enivrantes, en prenant le temps de bien discuter avec les vieux stambouliotes qui tenaient les étals. Ils racontaient leur ville, tel qu'auraient pu le raconter ses parents turcs imaginaires. Ce n'était pas une contrainte, au contraire, Jenny prenait du plaisir à découvrir les mœurs et la langue locale. Elle s'arrêta devant un étal débordant d'odeurs et de couleurs, c'était extraordinaire, devant elle s'exhibaient des thés comme du *relax tea*, des fruits secs, pistaches, noix et autres, et plus haut, une rangée d'épices plutôt classiques, safran, paprika, etc. Elles étaient rouges, oranges, de toutes les teintes. Le vendeur, ayant dépassé la moitié de sa vie, une belle moustache grise et un fez sur la tête apostropha la jeune femme en charabia anglais :

- Bonjour, ma petite dame, qu'est-ce que je vous sers ?
- Je ne fais que regarder, Monsieur, je sens les bonnes odeurs et je regarde les belles couleurs.
- Anglaise, Madame ?
- Non, française.
- Hé Burak ! C'est une Française, regarde comme elle est mignonne. Viens m'aider, je suis sûr qu'elle te ferait de beaux enfants, cria-t-il en turc en direction d'un jeune homme dans un stand proche.

Toute la cantonade en profita et éclata de rire. Jenny n'avait évidemment rien compris hormis le prénom Burak et française. Elle vit s'approcher un beau jeune homme, les cheveux ondulés, avec de beaux yeux gris. Il était habillé d'un pantalon velours et d'un tee-shirt aux couleurs d'un club de football espagnol. Jenny lui demanda :

- Vous êtes Burak ?

- Oui, Madame, répondit-il un peu intimidé et dans un assez beau français.
- Qu'est-ce qu'il a dit ?
- Il a dit que vous êtes jolie, avoua-t-il en rosissant un peu.
- Il a dit qu'elle te ferait de beaux enfants, aussi ! asséna en français un vieux vendeur ayant assisté à la discussion.

Burak passa du rose au rouge le plus vif et fut incapable de parler. Jenny se retourna vers le vieux vendeur et lui dit merci, en turc. Elle avait quand même appris quelques mots. Il éclata de rire de nouveau et toute l'assemblée le suivit.

- Vous me montrez votre stand, Burak.
- Oui, Madame, j'ai la même chose que Monsieur Erkan, dit-il en désignant le vendeur qui vantait les capacités maternelles de la française.
- C'est avec vous que je veux parler, appelez-moi Jenny.

Il rougit à nouveau, mais l'entraîna vers son stand à quelques longueurs.

- Eh, c'est ma cliente ! Ça y est, il l'a emballée, la jolie dinde.

Jenny ne posait pas la question de savoir ce qu'avait dit le vieux vendeur et s'approcha de l'étal de Burak, ils se ressemblaient tous.

- Vous parlez bien français, Burak.
- Oui, je suis né à côté de Paris, ma mère est française, elle nous parle toujours dans sa langue, à ma sœur et moi-même.
- Comment s'appelle votre sœur ?
- Émilie. Papa a choisi mon prénom, Maman a choisi le sien à la française.
- J'aime bien Burak, ça vous va bien. Il rougit de plus belle.
- Il y a longtemps que vous êtes revenu ici ?
- Oh oui, dès mes deux ans. Si vous voulez, on peut se retrouver tout à l'heure pour aller prendre un thé quelque part, je finis dans deux heures.

Il entendait les réflexions et les ricanements des voisins et il avait du mal à se concentrer.

- Si vous m'appelez Jenny.
- D'accord, Jenny. Après une bonne inspiration, il poursuivit ; à dix-huit heures à côté de la mosquée de Beyazıt ?
- OK, Burak, à tout à l'heure. Elle lui lança un petit signe de la main avec un petit sourire qui fit hurler de rire les vendeurs.

Elle le retrouva à l'endroit indiqué et ils allèrent se promener dans les rues du vieil Istanbul, il lui montra de vieilles maisons de l'époque, des petites rues escarpées, lui raconta que le quartier de Galata, avec la péninsule plus au sud formait la ville de Byzance jusqu'en 324 après J.-C. Ensuite, elle s'appela Constantinople et prit le nom actuel en 1928. Que de noms qui faisaient rêver. Ils mangèrent un durum, une brochette de viande enroulée dans une galette accompagnée de tomates, d'oignons et de salade. Burak voulait absolument payer.

Plus tard, il l'amena dans un Meyhane, où il fut fier de lui proposer une bière. Elle lui dit qu'elle partait demain, ne reviendrait pas et qu'elle aimerait garder un bon souvenir. Elle l'invita à monter dans sa chambre d'hôtel. Le premier opus fut traumatisant pour Burak, il ne pensait pas ce matin vivre cette journée et ne put se retenir dans les mains d'une touriste européenne. Il était honteux et déconfit, les yeux pleins de pardon. Jenny le prit par la main jusqu'au lavabo pour le nettoyer un peu, telle une péripatéticienne aguerrie. Cela lui remonta déjà le moral. Puis, dans la chambre, elle le poussa sur le lit et se mit à l'ouvrage pour réveiller ses ardeurs. Les langues vivantes sont universelles, la nuit qui suivit fut multicolore et époustouflante.

Le lendemain, elle dit adieu à Burak, il avait les yeux humides. Concernant Jenny, cette nuit l'avait vidée des tensions accumulées depuis un an. Elle n'était plus la même, elle passait en mode guerrière, elle ne savait pas où elle dormirait ce soir et ne souhaitait qu'une chose : se mettre en action.

Elle se rendit à l'aéroport à la première heure. Son avion décollait à 9 h 10 pour la station balnéaire d'Antalya. Elle avait joué sur le fait que la police d'un aéroport ne voyant passer que des touristes assoiffés de plages et d'huiles solaires n'allait pas être à cheval sur la sécurité, de plus sur un vol intérieur.

Elle avait beau essayer d'être attentive à ses actes et à son entourage, elle ne remarquait pas la surveillance de cet homme qui la suivait depuis Paris. Il s'était renseigné à l'aéroport de sa future destination et il avait refait surface à ses basques.

Elle atterrit à Antalya une heure plus tard. Après avoir récupéré son bagage, elle chercha le stand Turkish Airlines. Son prochain avion était à treize heures, en espérant qu'il ne soit pas plein. Elle n'avait que peu de temps pour se préparer et réserver son billet. Un grand soleil illuminait les palmiers à l'extérieur de l'aéroport. Elle se rendit aux toilettes, s'enferma dans un WC. Une chance, ce n'était pas des WC turcs, elle put s'asseoir pour découdre son blouson et récupérer son nouveau passeport.

Cela fait, elle ne pouvait plus revenir en arrière, elle était dans l'illégalité. Elle cacha son passeport français dans la même cachette et recousit le mieux possible son épaulette avec son passeport français. Il fallait qu'elle s'applique, ce serait certainement le plus dangereux, elle serait forcément fouillée à son arrivée.

Dans cet aéroport international dédié au tourisme, elle décida de ne pas mettre le hijab pour se couvrir les cheveux, elle se ferait plus remarquer en étant voilée. Elle avait été très sommairement contrôlée à la descente de l'avion Istanbul-Antalya, elle ne risquait pas que quelqu'un se souvienne de sa nationalité française.

Elle s'approcha du guichet, avec cinq cents euros en poche, elle avait caché sa carte de crédit dans son sac. Fine, elle était collée derrière une plaque de carton de maintien de son sac.

- Bonjour, dit-elle en anglais en présentant son passeport turc.

99

-   Bonjour, Madame.
-   Je voudrais un billet pour Erbil au Kurdistan, le vol de treize heures. Il reste de la place, s'il vous plaît ?
-   Oui, pas de problème, lui répondit le préposé. Cela vous fera trois cent deux euros, il décolle à 13 h 00, vous devrez vous présenter à l'enregistrement des bagages une heure avant.
-   Bien, OK. Jenny tendit les billets européens.

Le préposé enregistra les paramètres de son billet, ausculta son identité à peu près normalement. Le travail des copains d'Ercan, le mari de sa copine Aicha, semblait correct. Le passeport avait passé son premier test.

-   Voilà, Madame. Il lui tendit le billet et son passeport et lui souhaita bon voyage.

Jenny ne voyait pas évidemment son suiveur qui s'empressa d'aller au guichet pour demander sa destination. Il était, contrairement à la Française, manipulateur et rodé sur la recherche de renseignements. En un tour de main, il extorqua sa destination au préposé de turkish Airlines, puis acheta à son tour un billet.

Il fallait changer de terminal pour accéder à la partie internationale et rejoindre l'enregistrement des bagages. Jenny montra son billet et son passeport à la police des frontières turques, son bagage passa sur un tapis avec le scanner à rayon X.

L'avion décolla à l'heure et Jenny se retrouva à voler au-dessus de la Méditerranée. Que c'était beau ! Au-dessus de la Syrie, elle vit le lac Assad, alimenté par l'Euphrate serpentant et emmitouflé dans un tapis vert de forêt et d'agriculture et protégé ainsi de regs éblouissants. Comment imaginer les horreurs qui se passaient si bas alors que vu de haut, la splendeur l'emportait.

Elle comprit voler au-dessus de l'Irak quand elle vit le barrage de Mossoul irrigué par le Tigre.

Elle se rendait à Erbil. Cette ville, à mille kilomètres environ à l'est d'Antalya, est la capitale de la République Autonome du Kurdistan. Le gouvernement de cette région, appelée aussi Kurdistan du sud, est une entité politique, fédérale et autonome du nord de l'Irak, reconnue par la Constitution Irakienne en 2005, instaurée à la suite du départ de la force de coalition anglo-américaine. La communauté internationale avait appuyé fortement l'autonomie kurde.

Cette république est bordée par l'Iran à l'est, la Turquie au nord et la Syrie à l'ouest. Chacun de ces trois pays possède une région kurde.

Le Kurdistan du sud est très largement montagneux, avec le Cheekah Dar, culminant à 3 611 mètres au nord-est d'Erbil. Les nombreuses rivières qui en coulent apportent des terres fertiles et luxuriantes au Kurdistan. Une immense retenue d'eau, le lac Dukan se trouve au sud-est entre Erbil et Sulaymaniyah, une autre grande ville kurde proche de la frontière iranienne. À l'ouest d'Erbil se trouve Mossoul à une centaine de kilomètres. Au sud, Kirkouk et plus loin, à 350 kilomètres, Bagdad, en Irak.

Erbil était le lieu où allait se terminait son périple. Elle avait longtemps réfléchi à la manière de venir ici. En voiture de la frontière turque, faire cinq ou six cents kilomètres seule avec les postes frontières, elle n'y croyait pas trop. Elle était entraînée pour naviguer en terrain hostile, mais avec une hiérarchie, des moyens importants. En free-lance, elle n'avait pas les clés pour entreprendre ce voyage, savoir à quel moment il fallait payer un bakchich, franchir des frontières inconnues.

Elle avait trouvé une dénommée Hana Runak, de l'université de Nantes qui participait au programme Erasmus Mundus qui s'ouvrait au monde et donc au Kurdistan. Jenny avait réussi à avoir son nom par une secrétaire bavarde, et l'avait contactée, se faisant passer pour une Kurde. Elle avait la double nationalité et de la famille au Kurdistan. Elle partait dans l'université de Sulaymaniyah pour suivre un master.

L'ayant vue sur Facebook, même stature, brune, Jenny pouvait passer pour elle. Mais que faire, elle se voyait mal la séquestrer et partir à sa place. Son objectif ne valait pas de briser les rêves d'une jeune fille qui va faire le monde de demain, une université mondiale n'est-elle pas un bienfait pour l'humanité ? Ce n'était pas la bonne solution.

Le seul moyen était l'avion, directement de Paris ou avec une escale. Elle partait française pour ne pas éveiller les soupçons des autorités françaises. Elle avait eu quelquefois la sensation d'une pression ou d'une surveillance due sans doute à une éventuelle intervention de sa part dans les médias.

Par contre, si elle arrivait là-bas avec sa vraie identité, elle risquait de se retrouver illico presto au consulat de France. Le visa, de plus obligatoire pour l'Irak, aurait porté l'attention sur sa personne.

Elle avait trouvé ce stratagème pour éviter une demande de visas. Les Turcs, ayant une très forte communauté kurde, peuvent se rendre au Kurdistan irakien sans visa. Pour l'instant, tout se passait bien.

L'avion amorça sa descente, l'aéroport est au nord de la ville, l'avion fit une grande boucle pour atterrir. Les passagers de l'avion pouvaient admirer Erbil, cette ville magnifique, offrant une grande citadelle dressée sur un tell ovoïde, site en forme de monticule. Inscrite au patrimoine mondial de l'Unesco, la citadelle surplombe la ville pour se protéger d'éventuels agresseurs. Circulaire, de quatre cents mètres de diamètre, elle est située au centre de la ville, peuplée d'environ un million et demi d'habitants, nombre évoluant en permanence en fonction des différents exodes de ces dernières années.

Le Parlement du Kurdistan et le Gouvernement régional du Kurdistan gère ce pays déchiré par ses frontières et par son histoire chaotique.

Un Institut français a ouvert ses portes en 2009 ainsi qu'une école française gérée par la Mission laïque française. Le Consulat Général de France représente l'État français à Erbil.

Jenny vit à l'ouest de la ville un parc de loisirs, le *Martyr Sami Abdul-Rahman Park*, du nom d'un politicien assassiné par un terroriste. Une immense oasis de verdure tentaculaire encerclait de ses bras une piste de course, des fontaines, un lac, un stade, un gymnase d'escalade et même une bibliothèque.

La ville dispose de trois salles de cinéma, de deux théâtres, d'un stade municipal, de plusieurs centres commerciaux et de nombreux jardins publics.

Jenny attacha sa ceinture et elle atterrit, il était quinze heures environ.

Erbil, le lundi 22 avril 2013.

L'avion était au roulage sur l'aéroport d'Erbil, il faisait un beau soleil, le pilote avait annoncé un vingt-deux degrés et un petit vent du nord. Les couleurs passaient d'un jaune ocre des roches de la chaîne de montagnes située au nord-est, aux verts les plus divers des terres cultivées foisonnant sur des milliers d'hectares autour de la ville. Les nombreux cours d'eau qui descendaient des montagnes et cette lumière qui illuminait la plaine donnaient une terre fertile nourrissant la population du Kurdistan.

Les drapeaux du gouvernement régional du Kurdistan flottaient en différents endroits de l'aéroport. Le drapeau kurde est composé de trois bandes horizontales rouge, blanche et verte et d'un soleil à 21 branches en son centre.

Jenny allait dévoiler son but, se jeter à l'eau, elle décidait donc de parler à la police des frontières, elle était évidemment en relation avec l'armée. La Française savait que l'aéroport possédait un service de sécurité draconien. Il était la porte d'entrée du Kurdistan à tous les pays du Moyen-Orient ainsi qu'à quelques pays occidentaux, comme l'Allemagne, l'Autriche et la Suède.

Jenny récupéra son sac sur le tapis roulant, l'aéroport était ultramoderne. Elle se dirigea vers la sortie de l'espace international et les postes de contrôle aux frontières. Ils étaient 3, deux hommes et une femme, en uniforme bleu foncé, des galons épais en étoile d'un jaune orangé. Jenny laissa les 2 sous-lieutenants, à sa gauche, et se dirigea vers le dernier policier, très certainement le chef, avec ses deux étoiles. Elle posa son sac sur le tapis, présenta son passeport, son billet et, en arabe :

-   Bonjour, Monsieur.
-   Bonjour, Madame, répondit le policier en prenant en main le passeport et en le scrutant une bonne minute.
-   Vous venez pour raison professionnelle, du tourisme ou pour voir de la famille, Madame ?

106

- Je viens me battre avec les Peshmergas, je viens combattre l'État Islamiste, Monsieur, dit Jenny d'un bloc toujours en arabe. Ça y est, elle était lancée, advienne que pourra.
- Bien !

Le lieutenant réfléchissait en la regardant dans les yeux. Il avait eu un très bref moment de surprise, rapidement remplacé par toute l'attention requise à son métier. Il essayait de déceler la vérité dans le regard de Jenny, était-elle une terroriste qui allait mettre une bombe une fois dans une caserne, était-elle une jouvencelle en quête d'émotions fortes, ou encore une femme soldat qui avait des comptes à rendre avec des assassins de la pire espèce.

- Ne bougez pas.

Le policier lança le tapis roulant et scruta le sac avec insistance. Il prit ensuite la sacoche de la Française et regarda rapidement à l'intérieur. Une fouille plus complète serait effectuée dans une salle à part sans doute. Il demanda à la jeune femme de passer dans le scanner infrarouge, l'arrêta et lui dit d'écarter les bras et les jambes. Il avait dû appuyer sur un bouton d'alerte, un de ses collègues arriva pour le seconder.

Après dix secondes :

- Suivez-moi.

Le deuxième policier, de l'autre côté du scanner, la prit par un bras et l'entraîna vers les bureaux à l'arrière des pupitres. Le lieutenant avait gardé son billet et le passeport, il s'empara de son sac et suivit la Française et le policier.

Ils rentrèrent dans une salle ressemblant à une salle d'interrogatoire d'à peine quinze mètres carrés, des barreaux à la fenêtre, une porte blindée, les murs vides et couleur blanc cassé, une chaise et une table au centre. Jenny fut attachée avec des menottes dans le dos. Tout cela en silence, elle se demanda combien de volontaires arrivaient du monde entier chaque jour. Elle savait que quelques

Français étaient venus ici, en Irak et en Syrie pour combattre l'État Islamique. Tous les exemples connus, vus à la télévision ou sur internet étaient des personnes ayant la double nationalité ou ayant de la famille dans ces pays.

Ils lui avaient pris son blouson, elle espérait que sa cachette allait tenir, elle n'avait pas envie de dévoiler son identité tout de suite.

Jenny allait attendre vingt minutes assise sur la chaise.

Deux femmes policières rentrèrent dans la salle. La première, celle qui tenait le filtrage au poste frontière était belle avec de grands cheveux bruns lui descendant par une queue-de-cheval entre les épaules, un visage gracieux et des yeux noirs perçants et durs. L'autre, une lieutenante, d'environ trente-cinq ans, les cheveux bruns et courts, les traits plus épais, donnait l'air d'être la supérieure.

- Bonjour, Madame, dit-elle pendant que sa collègue enlevait les menottes.
- Bonjour.
- Vous allez vous déshabiller et rester en sous-vêtements, s'il vous plaît !

Le *s'il vous plaît* bien appuyé, ne laissait aucune contestation à l'ordre qui venait d'être donné. Jenny enleva ses chaussures, son tee-shirt et son pantalon. Chaque fois, la sous-lieutenante prenait les effets et les disposait soigneusement sur la table. Une fois en culotte et soutien-gorge, elles lui demandèrent de tourner sur elle-même et de lever les bras. La jeune ausculta l'armature des bonnets de soutien-gorge et fit claquer l'élastique de la culotte. Il existe des explosifs conditionnés en feuille fine, mais Jenny trouvait qu'elles poussaient un peu. Si elle avait eu une culotte molletonnée, cela se serait vu certainement. Elle avait souvent fouillé les femmes afghanes, et il fallait aller loin, vérifier par exemple qu'elles n'avaient pas un étui à pistolet sur les jambes. Il fallait tâter les seins, une femme faisant un bonnet B

portant un D, il y a de la cachette à revendre. Là, les Kurdes cherchaient certainement à déstabiliser la Française, mais elle gérait.

Jenny put ensuite se rasseoir. Les deux policières prirent ses affaires et sortirent de la cellule, aucune autre parole n'avait été prononcée. Elles ne lui avaient pas remis les menottes et la Française attendit encore en petite tenue. Elle s'attendait un peu à quelque chose de ce genre, évidemment, mais elle n'en menait pas large quand même.

Les deux policières revinrent avec son pantalon et son tee-shirt au bout de vingt minutes environ, elle put se rhabiller. Les deux femmes ressortirent.

Jenny attendit assise dans sa cellule, les policiers faisaient exprès de prendre leur temps pour la stresser, mais, rhabillée, elle se sentait plus forte et ses longues séances de yoga et de méditation lui laissaient l'esprit vif. Elle pensait à son passeport français et à sa carte de crédit internationale. Celle-ci, pensait-elle, est bien cachée, elle avait plus peur pour l'épaulette de son blouson. Les deux paquets d'euros, cachés dans la doublure de la veste de randonnée allaient plus attirer l'attention et, espérait-elle, faire diversion en ce qui concernait son passeport. Il devait rester moins de cinq cents euros dans la sacoche. Son sac possédait aussi deux cachettes contenant de l'argent dans les doublures.

Ils cherchaient éventuellement de la drogue, un produit explosif, ou un autre moyen de destruction. Ils n'étaient sans doute pas à la recherche d'un autre passeport, pensait Jenny, néanmoins leur minutie pour la fouille l'inquiétait.

La policière plus âgée revint avec le lieutenant à qui elle avait présenté le passeport au poste. Celui-ci avait sa sacoche et son passeport et demanda :

- Comment vous appelez-vous ?
- Esma Tabriz.
- Vous êtes née où et quand ?

109

- À Paris, le 11 janvier 1989.
- Comment s'appellent vos parents ?
- Mon père Halik Tabriz, ma mère, Ceylan Khani.
- Pourquoi vous êtes née à Paris ?
- Mon père travaillait dans une ambassade, comme traducteur et il était en poste en 1989 à Paris.
- Vous avez toujours vécu à Paris ?
- Non, quand j'avais huit ans, mon père a demandé sa mutation à Madrid, en Espagne.
- Comment ont-ils pris votre décision de venir ici ?
- Ils sont morts depuis une petite dizaine d'années, j'ai fini ma jeunesse avec mon oncle qui vivait aussi à Madrid.
- Pourquoi voulez-vous vous battre ici ?

Jusqu'à présent, l'interrogatoire était mené en arabe par le policier, cette question émana de la femme en turc. Avec l'expérience des langues de Jenny, elle avait compris la question, mais elle répondit en arabe.

- Je ne parle pas bien le turc, mes parents m'ont toujours initiée à la langue où je vivais, mon père avait des facultés pour les langues et il m'en faisait profiter. Pour répondre à votre question, je veux me battre ici parce que ma mère était kurde. Elle disait que j'avais de la famille ici, mais elle avait coupé les ponts. Je trouve abominable ce que font ces terroristes islamistes dans le monde.
- Vous ne connaissez personne au Kurdistan, alors.
- Non.
- Vous savez vous battre, continua la policière ?
- J'ai un très bon niveau d'arts martiaux, judo et surtout le jiu-jitsu, une très bonne condition et j'ai tiré avec une multitude d'armes dans un club de tir à Madrid.
- Vous avez déjà tué quelqu'un ?

- Non, jamais.
- Le judo, ce n'est pas la guerre, vous savez ? Vous risquez de mourir, tout simplement.
- Je n'ai pas peur de mourir.
- Tout le monde a peur de mourir, surtout entre les mains de nos ennemis.
- Nous avons trouvé beaucoup d'argent caché dans votre veste, votre sac. Vous pensiez qu'on ne le trouverait pas et à quoi ça va vous servir ? reprit le lieutenant en anglais.
- Je suppose qu'il me faudra acheter un équipement de combat, je ne sais pas combien de temps je resterai. J'ai de l'argent, mes parents avaient contracté une assurance vie. J'ai pu me payer des stages de survie avec des sociétés de gardiennage en Espagne.

Jenny continua de parler en anglais.

- Vous parlez combien de langues.
- L'arabe que j'ai appris avec ma mère et ma nourrice, mon père me parlait dans la langue du pays où on vivait. Je maîtrise donc le français et l'espagnol, puis l'anglais à l'école.
- Vous avez des facilités pour les langues ?
- Je tiens cela de mon père.

Les deux policiers se regardèrent et se firent un signe de tête.

- Bon, nous allons vous rendre votre sac et vos chaussures, vous restez là pour l'instant.
- OK !

Jenny resta seule une fois encore, les policiers allaient sans doute se concerter avec leur autorité. L'interrogatoire avait été très certainement enregistré, la jeune femme ne voyait pas de caméras. Ils auraient pu se rincer l'œil, elle n'y croyait pas trop. À première vue, ils n'avaient pas trouvé son passeport et la carte de crédit.

111

Ils ramenèrent son sac et son blouson un peu déchirés et, dans une enveloppe les liasses d'argent qu'ils avaient trouvées. Les épaulettes étaient intactes sur la veste. Jenny retrouva sa sacoche avec son contenu en vrac à l'intérieur. Un paquet de mouchoir, une boîte de préservatifs entamée et 2 protections féminines, le reste était dans le sac. Le porte-documents ne contenait que des euros.

- Vous ne comptez pas l'argent ? demanda l'officier qui ramenait ses affaires.
- Non, c'est bon !
- Il est 17 h 25. Dans une demi-heure, les militaires viennent vous chercher et vous vous débrouillez avec eux.
- Merci.
- Ce sera autre chose là-bas, et vous verrez des choses horribles, j'espère que vous en êtes consciente.
- Je suppose, oui.
- OK, au revoir.
- Au revoir.

Jenny attendit encore une heure et vit arriver deux femmes et un homme, accompagnés d'une policière. La première femme portait des galons de lieutenant, deux étoiles, sa tenue camouflée était irréprochable, elle portait un pistolet à la ceinture. Les deux autres, la femme et l'homme étaient des soldats aux uniformes bigarrés. Un pantalon en toile verte sur une veste de treillis plus sombre pour l'homme, tandis que la femme portait un uniforme vert clair, elle avait les cheveux noirs noués par un foulard. Elle était jeune, un beau visage volontaire, peut-être les traits un peu épais. La même taille que Jenny, elle portait une kalachnikov en bandoulière sur l'épaule. L'homme, d'une vingtaine d'années, beau et sombre, n'était pas armé.

- La voilà, grommela la policière en montrant Jenny.
- Bonjour.

- Vous l'avez fouillée, je suppose, demanda la chef sans répondre à la Française.
- Complètement, elle n'a rien. Elle n'apparaît dans aucun fichier informatique.

La lieutenante était au courant certainement, ils avaient très certainement assisté à un débriefing de l'interrogatoire, elle tenait une sorte de compte rendu écrit dans un alphabet indo-européen.

Au Kurdistan irakien, la langue officielle, avec l'arabe, est le Sorani. Une littérature existe depuis le dix-neuvième siècle avec le poète Nalî. Cette langue est utilisée aussi au Kurdistan iranien. Sa situation officielle lui assure un avantage par ses écrits et ses publications sur la deuxième langue importante, le kurmandji qui est la plus parlée parmi les peuples kurdes.

Les plus anciens textes ont été écrits dans cette langue, comme le poète Ahmedê Khanî, dont Jenny avait utilisé l'identité comme matronyme pour justifier une origine kurde. Ce poète a écrit le roman Mem et Zîn qui raconte l'histoire vieille comme le monde du jeune Mem tombé amoureux de la sœur du prince, la belle Zîn. Cet amour contrarié par les intrigues d'une cour attachée à ses valeurs, survivra au-delà de la mort. Le kurmandji, a été longtemps interdit en Turquie et en Syrie, ce qui explique sa non-prolifération par rapport au sorani.

Les gens du Kurdistan où se trouvait Jenny utilisent donc le sorani et l'arabe, elle savait qu'elle devrait se mettre à l'apprentissage de cette langue kurde officielle. Elle espérait rester assez longtemps ici pour s'intégrer et se faire de nouvelles copines de combat parmi les Peshmergas.

Peshmerga, qui veut dire en kurde *qui est devant la mort*, montre la détermination des combattants pour leur liberté et leur indépendance. Les génocides, les nombreux conflits n'ont pas altéré leur envie de revendiquer le besoin de vivre ensemble. Le génocide kurde a été perpétré par l'administration de Saddam Hussein au cours de l'année

113

1988. Le dictateur a même utilisé des gaz chimiques sur la ville d'Halabja.

Cette position géographique, au milieu de ces quatre pays que sont la Turquie, la Syrie, l'Iran et L'Irak, les querelles internes liées à la langue, la religion, tout ceci a fait que le Kurdistan a toujours eu beaucoup de mal à s'imposer comme un pays à part entière.

La religion majoritaire est musulmane sunnite avec d'autres courants chiites, les chrétiens sont estimés à cent cinquante mille dans le Kurdistan irakien. Enfin, les Yézidis seraient environ cinq cent mille au Kurdistan irakien, dont le temple de Lalesh constitue leur principal lieu de culte.

Ces Peshmergas, au fil des siècles, ont eu fort à faire pour résister aux invasions et aux tensions internes. Et, ce qui intéressait grandement Jenny, les femmes soldates ont depuis un demi-siècle une importance déterminante aux côtés de leurs homologues masculins à combattre pour leur liberté et leur survie. Sur tous les fronts, aujourd'hui, contre cette menace qui les enfermerait dans l'obscurantisme, elles sont d'autant plus volontaires pour sauvegarder leur détermination, leur intégrité, leurs pensées jusqu'à leur apparence physique.

Depuis que l'imam Abou Bakr al-Baghdadi avait proclamé le califat de l'État Islamiste, les ennemis des Peshmergas et de pratiquement tous les autres peuples musulmans à travers le monde sont les extrémistes de Daech[7]. Leur avancée ressemblait à une grande langue noire et menaçante qui s'étendait du nord de la Syrie, à une cinquantaine de kilomètres d'Alep, puis traversait la frontière irakienne sur toute sa longueur pour ensuite descendre jusqu'au centre de l'Irak aux portes de Bagdad.

Au sud de cette zone, les forces gouvernementales de Syrie et irakiennes ; ces deux armées avaient quelque peu été submergées,

---

[7] Etat Islamiste en arabe

fatiguées sans doute par des conflits interminables. Au nord-ouest, la frontière turque, avec la ville de Kobané, le gouvernement d'Ankara ne bougeait pas et semblait avoir plus peur du kurde que du djihadiste.

Tout l'est de cette zone de conflit occupée par les intégristes, de Hassaké, au nord de la Syrie, jusqu'à Mossoul et Kirkouk en Irak venait s'écraser sur les Peshmergas de Syrie et de la région autonome du Kurdistan, seuls à résister à l'État Islamiste.

Les militaires qui vinrent récupérer Jenny étaient confrontés très certainement aux combats qui avaient lieu à une cinquantaine de kilomètres d'Erbil. Des femmes peshmergas se battaient pour vivre et Jenny voulait se battre avec elles. La femme officier dit à la Française de mettre sa veste, mettre la sacoche dans son sac. Le soldat non armé, lui mit des menottes, les mains dans le dos et l'entraîna dehors jusqu'à un pick-up Ford de couleur beige.

Le militaire fit monter Jenny à l'arrière du véhicule, puis se mit au volant, l'officière à côté de lui. La Française se retrouva avec la Kurde armée de l'AK47, celle-ci jeta le sac dans le coffre, et la voiture démarra. Pas de discussions, pas de questions, cela ne servait à rien, Jenny allait bien voir où ils l'emmenaient. Elle était avec des militaires, c'était une bonne chose. Ils roulèrent une quinzaine de kilomètres vers le nord, la pénombre commençait à tomber.

Ils arrivèrent dans ce qui ressemblait à une caserne, un grand portail s'illumina lorsque le pick-up s'arrêta, la lieutenante sortit du véhicule, discuta avec un gardien, puis le portail s'ouvrit.

À l'intérieur, des baraquements sur un seul étage faiblement éclairés, qui avaient l'air d'être disposés en épis. Jenny en devinait une dizaine. Une bâtisse plus haute, plus imposante, terminait cette enfilade de bâtiments. L'allée où ils roulaient était assez large et terminait par une place où un mât s'érigeait au centre. La Française voyait le drapeau kurde flotter au sommet.

Le véhicule se gara au pied du bâtiment commandement, les occupants en sortirent et amenèrent Jenny à l'intérieur. L'entrée s'effectuait par une grande porte au centre du bâtiment et des couloirs qui partaient à droite et à gauche. Dans une sorte de salle de réunion, ils firent asseoir Jenny sur une chaise. La militaire, après avoir posé son fusil-mitrailleur sur la table l'avait fouillée à nouveau. Jenny était toujours menottée et un officier, un capitaine avec trois étoiles sur les épaules, rentra dans la salle.

- Bonjour, Madame, Esma...? demanda-t-il d'un ton interrogateur.
- Tabriz, bonjour, mon capitaine. Jenny avait potassé les grades de l'armée kurde sur internet. Elle n'avait trouvé des infos que sur les officiers.
- Alors, vous voulez vous battre au Kurdistan, pourquoi ?
- J'ai des origines kurdes, sans doute de la famille quelque part dans ce pays. J'étais une paumée en Espagne, je vivotais avec un travail de traductrice dans une société immobilière pour des acheteurs étrangers. J'ai de l'argent mais je m'emmerdais et je voulais changer de vie.

Après dix secondes de silence, Jenny continuait.

- Je suis sûre que j'apprendrai vite à me battre, j'ai vu les effets des attentats dans les pays européens, je n'aime pas ces fous de dieu et je veux les combattre là où ils sont et là où ils font le plus de mal.
- Vous pensez être à la hauteur sur un champ de bataille ?
- Si j'avais vécu dans un pays que j'aime au plus profond de · mon âme et que je me sente citoyenne de ce pays, je me serais engagée dans l'armée de ce pays. J'ai vécu là où mon père travaillait et je ne me trouvais aucune attache avec la France et l'Espagne. Je suis troisième Dan de jiu-jitsu, j'ai gagné des concours de tirs au pistolet en Espagne. Les armes

116

n'ont aucun secret pour moi, je peux démonter cette Kalache et la remonter aussi vite, dit Jenny en montrant l'arme aux épaules de la soldate.

- Bigre, si je comprends bien et si vous êtes une tueuse de Daech comme on peut éventuellement l'envisager, il faudrait vous abattre tout de suite tellement vous êtes dangereuse.

L'interrogatoire à l'aéroport avait dû être enregistré, il n'avait pas tiqué quand Jenny avait parlé de la France puis de l'Espagne, celui-là devait l'être aussi.

- À vous de voir, vous ne tuez pas tous les étrangers qui viennent vous aider sous prétexte qu'ils savent tenir une arme.
- Certes, mais la plupart du temps, ils sont kurdes et peuvent le prouver.
- Il faut me mettre à l'épreuve.
- Oh, ce n'est pas moi qui vais prendre quelque décision que ce soit ici. Comme vous le savez sans doute, le conflit est très proche. On vous envoie à Sulaymaniyah où il y a une caserne relativement lointaine des conflits. De plus, le 2e Bataillon est essentiellement composé de femmes. Toutes les femmes présentes ici et sur l'ensemble du front kurde sont passées dans cette caserne. Vous serez mise à l'épreuve et jugée là-bas. On va vous mettre en cellule cette nuit, vous aurez un bout de pain à manger et demain matin, on vous transfère à Sulaymaniyah, c'est à 200 kilomètres. Nous gardons votre sac et votre passeport, n'ayez pas peur pour votre argent, il est à l'abri. Je vous souhaite bonne route demain.
- Merci !

Jenny ne savait pas si elle devait être satisfaite, elle avait pensé aller directement dans cette ville loin des conflits. Elle connaissait l'existence de ce bataillon de cinq cents à six cents femmes qui s'entraînaient pour aller se battre contre Daech, mais elle avait eu peur de s'enfermer là-bas. Quelque part, c'était normal, ils n'allaient pas lui donner une arme chargée et lui dire de tirer vers l'ennemi. Elle ne voulait pas encore dévoiler son identité française, elle verrait auprès d'une plus grande autorité qui prendrait des décisions.

La nuit allait être reposante, malgré la cellule malodorante. Il y avait un lit à vieux ressort avec une couverture, un lavabo et un WC. À l'entrée, quelques instants auparavant, la femme militaire avait laissé son AK47 à l'extérieur, lui avait enlevé les menottes et, tandis qu'elle la faisait rentrer :

- Je m'appelle Keyna, j'ai confiance en toi. Je t'ai pris une serviette dans ton sac, tes affaires sont en sécurité.
- Merci !
- Je t'apporte quelque chose à manger. Si tu as besoin d'autre chose, n'hésite pas à m'appeler. Je suis de garde. Mon copain s'appelle Khani comme toi, enfin comme ta mère, peut-être sommes-nous cousines. Il faudra que je lui demande s'il a entendu parler d'une Ceylan qui s'est expatriée en Turquie.
- Je te remercie, je crois qu'il y a beaucoup de Khani, dans les contrées kurdes.
- Oh oui, il y en a partout, ce serait un drôle de hasard ! se mit-elle à rire.
- …
- Au fait, Sulaymaniyah et le 2ᵉ Bataillon, c'est bien. La colonelle Serdar, la commandante du camp est une peau de vache, mais je pense qu'il le faut. Elle est réglo avec nous, il se dit qu'elle est dure aussi avec les politiques et les généraux, elle ne se laisse pas marcher sur les pieds. Si on ne l'avait pas, aucune fille ne serait allée au combat. Au début,

les belles paroles de la présence de femmes au front, c'était de la publicité, de la propagande. Depuis qu'elle a pris le commandement, elle a trouvé les arguments pour nous faire combattre, nous ne sommes pas encore beaucoup, mais cela progresse. Je ne sais pas combien de temps tu resteras là-bas, ça dépend des filles.

Cette sollicitude fit du bien à Jenny. Les déboires de cette journée particulière et sa situation dans cette cellule, n'allaient pas altérer la satisfaction de Jenny à passer sa première nuit dans un désert kurde sur une base militaire. Jenny voyait son avenir positif, c'est ce qu'elle voulait. Elle avait gardé son blouson avec elle, elle était sereine quant à son passeport français, elle ne serait pas renvoyée au consulat français en tant que déserteur et hors-la-loi auprès de la France.

Au petit matin, elle fut réveillée par l'hymne kurde passant dans les haut-parleurs du bâtiment, elle l'avait écoutée lors de ses longues soirées sur internet à essayer de récupérer le plus d'infos sur ce pays. L'hymne, elle s'en souvenait, s'appelle Ey Reqib et raconte une apostrophe à un ennemi ou un geôlier selon les traductions. Jenny entendit alors ce refrain et se souvint de sa signification :

Lawî Kurd hestaye ser pê wek dilêr
Ta be xwên nexşî deka tacî jiyan
Kes nellê Kurd mirduwe, Kurd zînduwe
Zînduwe qet nanewê allakema

La jeunesse kurde s'est soulevée telle des lions
Pour orner la couronne de la vie avec son sang
Que personne ne dise que les Kurdes sont morts, Les Kurdes vivent
Ils vivent et jamais ne tombera le drapeau kurde

Il était environ cinq heures, le soleil se levait tôt. Jenny se rafraîchit rapidement et attendit son départ vers Sulaymaniyah. Elle se mit en posture padmâsana, dite du lotus et plongea en méditation. Vers six heures, Keyna passa la voir, lui donna un naan, un pain farci aux poireaux avec un thé fort et bien sucré et lui dit qu'ils partaient dans une petite heure avec des prisonniers islamistes. Ils seraient enchaînés sur le plateau à l'extérieur du pick-up tandis que Jenny serait dans l'habitacle avec eux. La lieutenante passa la voir, lui donna son sac, l'ambiance semblait avoir légèrement évolué, Jenny se demandait pourquoi. Keyna lui dit qu'elle était du voyage.

- Il faudra quand même que je te menotte, tu peux regarder ton sac, les enveloppes sont à l'intérieur. On part dans quinze minutes, il y en a pour trois heures normalement, nous ferons une halte. La route est agréable et superbe en cette saison. Tu vas voir, notre pays est magnifique.
- Je n'en doute pas, je ne pensais voir une ville comme Erbil quand j'ai atterri hier. C'est une belle ville.
- Le reste est beau aussi, on en est fier. À tout à l'heure.

Plus tard, la Française sortit les mains menottées du bâtiment, elle voyait une grande activité sur la base, le drapeau tricolore avait été hissé sur le mât, les bâtiments en épi ressemblaient à des dortoirs, il y avait des hangars à l'arrière du PC, avec des véhicules et autres.

Keyna poussa Jenny vers les deux véhicules au fond de la place d'armes, elle vit arriver un autre cortège de six personnes. C'était les prisonniers.

Ce fut le premier contact de Jenny avec les djihadistes, elle les vit des chaînes aux pieds et les poignets enchaînés les uns les autres. Ils étaient trois, jeunes, habillés en civil, en jeans et sweat avec des motifs colorés ou en djellaba noire. Ils regardaient le sol, un Kurde armé d'une kalachnikov les poussa à monter à l'arrière du Ford. Deux véhicules formaient le convoi, le pick-up et une jeep avec deux militaires. Un officier inconnu lança un bonjour vers les deux jeunes femmes, Jenny ne sut si c'était à son adresse ou vers Keyna.

- Regarde-les, Esma, ils font pitié, ces enfoirés. Ils font moins les fiers, maintenant.
- Oui, tu as bien raison, Keyna.

Jenny ne savait ce qu'elle ressentait, de la haine pour ces individus ou de la tristesse à voir des humains enchaînés comme du bétail. Elle avait du mal à associer ces hommes avec le salopard qui avait tué sa mère et son frère. Elle savait, même si elle avait du mal à se le mettre dans la tête, que ces hommes avaient violé, égorgé des populations sous couvert de nettoyage ethnique et elle devait comprendre la colère de Keyna.

- Si tu veux parler français. Il y en a un, je crois ? Je l'aime bien la France ici, mais la seule chose qu'ils nous envoient, c'est ça, dit-elle en montrant un prisonnier. Nous avons besoin d'armes. Eux, ils ont des mitrailleuses lourdes, des tanks qu'ils ont fauchés à l'armée irakienne et on ne fait pas le poids.
- Je n'ai pas trop envie de parler à ces tueurs, il n'y a pas de Français qui viennent rejoindre vos rangs ?
- Oh, il y en a, mais ils se sentent kurdes d'abord. Je crois que nous allons recevoir des armes, un bruit court que des instructeurs viendraient, mais rien vu encore. Des Allemands aussi, on en parle.
- Et au niveau aérien ?
- Là, c'est un peu mieux, c'est rare, mais quand ils se décident, qu'est-ce qu'ils leur mettent sur la gueule à ces enfoirés. S'il n'y avait pas les rafales français et les F18 américains, on serait dans la panade. C'est Samal qui va conduire, c'est le même qu'hier soir. Il ne parle pas beaucoup, mais il est sympa. Monte, Esma, je vais t'attacher seulement à

l'armature de la carlingue, ce sera mieux que dans le dos, je ne peux pas faire plus.

- Ne t'inquiète pas, Keyna, ça ira.

Et les deux véhicules sortirent de la base. Pendant quelques kilomètres, le paysage fut verdoyant de champs de céréales à perte de vue, Jenny vit quelques forêts parsemées et des champs d'arbres fruitiers. La vallée était plate et longeait une grande chaîne de montagnes. Ce fut devant les monts Zagros que les deux véhicules allaient bifurquer vers le sud. Keyna avait expliqué à la Française :

- C'est plus court et la route est meilleure par kirkouk, mais ça nous fait longer la ligne de front. Avec nos prisonniers dehors, il ne faut pas prendre de risque. On va faire cinquante kilomètres de plus qu'en passant par le sud, mais ce sera plus calme et d'ailleurs le paysage sera beaucoup plus beau.

- On va vers la montagne, alors ?

- Oui, vers le nord-est, vers l'Iran, le mont le plus proche est le Jabal Karukh à 2 470 mètres, que nous pouvons voir légèrement à gauche. Plus loin vers le sud, on voit le Hasār-i Rōst le plus haut à 3 600 mètres, il est encore un peu enneigé sur les versants nord, en cette époque. À la frontière avec l'Iran, il n'est pas visible d'ici, il y a le Chekka Dar.

- C'est magnifique, c'est immense cette chaîne de montagnes.

- Les monts Taurus font 1 800 kilomètres de longueur, de la frontière turque et arménienne au nord jusqu'au détroit d'Ormuz au sud, ils longent tout le golfe persique.

- Tu connais bien ton pays, Keyna, on dirait que tu l'aimes, fit Jenny avec un sourire.

- Les Kurdes sont fiers de leur pays, de leurs richesses, de leur identité ! dit-elle en se redressant.

- Je n'en doute pas.

- Je faisais des études de géologie avant la guerre contre Daech. Je m'intéresse un peu à l'archéologie. Il y a un patrimoine insensé. Des fouilles continuent et on découvre des secrets immenses concernant l'humanité. Cette terre en serait le berceau. Beaucoup de scientifiques dans le monde viennent ici au Kurdistan pour découvrir notre pays et notre histoire.
- ...
- Erbil est une des cinq ou six villes les plus vieilles du monde, l'Unesco donne les moyens pour mettre à jour des vestiges vieux comme le monde. La ville était habitée par les Assyriens, il y a environ quatre mille ans. Quelques satrapes en ont fait ce trésor d'archéologie qu'elle est aujourd'hui.
- Je dois dire que le peu que j'ai vu d'Erbil m'a impressionnée, je ne pensais pas trouver une aussi belle ville. Tiens, il y a un village, là-bas.
- C'est Shaqlawa, on va bifurquer vers le sud, et ce n'est pas un village, mais une ville, il y a un hôpital, entre autres. On va contourner cette colline et tu verras la ville noyée dans la verdure. Au nord, c'est la direction de Soran, une autre grande belle ville kurde.

Effectivement, la ville était cachée par une butte, Jenny vit des chênes se succéder aux platanes, quelques conifères sur les versants de la colline. Le convoi passa près d'un hôpital flambant neuf, dont la Kurde était si fière. Jenny se disait en elle-même de faire attention à la susceptibilité des gens d'ici.

Keyna continua de parler de son pays, les deux filles allaient longer des crêtes plus ou moins hautes, jusqu'à arriver à Dokan. La ville a donné son nom au lac Dukan qui, caché par une petite chaîne montagneuse, fournit l'électricité dans toute la région. Ce lac artificiel est long d'une vingtaine de kilomètres et est alimenté par le Petit Zab, une rivière prenant sa source dans les monts Zagros. Le Petit Zab continue sa route et va se jeter dans le Tigre, un des deux plus grands fleuves avec l'Euphrate qui traversent l'Irak. Ces deux cours d'eau prennent leur source en Turquie, traversent plus ou moins la Syrie, le Tigre faisant juste office de frontière naturelle entre la Turquie et la Syrie. L'Irak est traversé par ces deux fleuves qui se regroupent pour former le Chatt-el-arab long de 200 kilomètres et se jetant dans le golfe persique.

Le convoi prit une autoroute pour rejoindre Sulaymaniyah, le trafic était relativement dense. Jenny s'était renseignée sur internet, mais elle ne s'attendait pas à voir l'évolution de ce pays. Des signes d'industrie, une distribution électrique foisonnante, ou encore ce qui ressemblait à des stations d'épurations s'éparpillaient sur cette route. Les deux véhicules firent une halte au Fort Suze, au pied du Jabal Birah Magrun, un sommet à plus de 2000 mètres. Keyna expliqua à Jenny qu'il s'agissait d'une prison, créée dans les années soixante-dix par les Russes et remise en état par l'administration américaine. Elle servait de prison fédérale aux gouvernements irakien et kurde. La jeep et les prisonniers restèrent au fort, tandis que le pick-up de Jenny reprit sa route.

- Il y a beaucoup de prisonniers, ici ? demanda Jenny à Keyna.
- Nous, les Kurdes, on n'a pas beaucoup de prisonniers de droits communs. Il y en a plus qui viennent d'Irak, plus de laisser-aller là-bas. Au Kurdistan, nous avons moins de voleurs et d'assassins, les gens travaillent et n'ont pas le temps de faire des saloperies.
- Et des djihadistes comme ceux qu'on vient de laisser là ?

Jenny ne s'aventurait pas à douter de la probité des Kurdes par rapport à celle des Irakiens.

- Beaucoup de nos soldats, pour ne pas dire la majorité ont vu ou vécu des atrocités de la part de ces salopards et ne laissent pas de prisonniers derrière eux. Daech, eux, ne fait des prisonniers que pour les décapiter sur une place publique. On a pour consigne de faire des prisonniers pour l'opinion internationale, donc, on fait des prisonniers de temps en temps.

- Oui, je peux comprendre.

Jenny répondit cela, mais se demandait quelle serait sa réaction si elle devait abattre de sang-froid un fou de dieu ayant peut-être assassiné un village entier. Elle en vint à réfléchir à ce qui l'avait amené ici ; était-ce une vengeance ? Dans ce cas, si elle ne se faisait pas tuer en premier, elle aurait l'occasion de tuer un coreligionnaire de l'assassin de sa famille, si on peut appeler une religion cette folie. Elle pensait plutôt vouloir retrouver cette adrénaline au combat qu'elle avait ressentie en Afghanistan, se battre avec un groupe, une équipe. Le fait que cette équipe était féminine l'avait grandement attiré aussi.

Cinq kilomètres avant d'arriver à Sulaymaniyah, ils étaient passés près d'un camp de réfugiés. *Les exilés arrivent de Mossoul, au nord de l'Irak, emportant leurs histoires d'horreur*, raconta Keyna à Jenny.

Le pick-up arriva et ne fit que contourner la ville vers le sud pour accéder à la caserne militaire.

Sulaymaniyah., le mardi 23 avril 2013.

Au bout d'un pâté de maison, Jenny vit une enceinte d'une petite centaine de mètres, des murs de 2 mètres de haut. Le véhicule s'approcha du poste de garde. Après contrôle d'identité, une fois franchis quelques mètres, le groupe accéda au 2ᵉ Bataillon par un porche situé sur un immeuble d'une soixantaine de mètres sur deux étages. Au-delà du porche, Jenny vit un petit terrain de sport légèrement à gauche entouré d'une piste en terre battue avec des coins herbeux.

Devant, au milieu d'une place d'arme, le drapeau claquait au vent au sommet d'un mât. De chaque côté, se trouvait un bâtiment de couleur orange fadasse sur trois étages, Jenny comptait une quinzaine de fenêtres. Au fond, des véhicules étaient stationnés, essentiellement des véhicules légers et deux ou trois camions bâchés. La place, de forme carrée faisait la taille de l'immeuble par lequel on pénétrait sur le camp.

Le pick-up s'arrêta en bordure de la place d'arme. Les trois passagers sortirent et pénétrèrent dans le bâtiment de droite. Jenny était escortée par Keyna et Samal, le chauffeur du véhicule tout-terrain. Il n'avait rien dit pendant le trajet, sans doute les bavardages de Keyna et une espèce d'enfermement lié peut-être à un traumatisme. Jenny aurait l'occasion d'en voir souvent, des jeunes et des moins jeunes portant dans leurs yeux et dans leur comportement les douleurs des atrocités passées. Les trois personnes montèrent au premier étage, ils croisèrent quatre ou cinq soldates et une officière tenant des dossiers comme dans n'importe quelle administration militaire. L'officière donna des consignes à Keyna en kurde, certainement sur le sort promis à la Française. Ils longèrent le couloir jusqu'à une sorte de salle de réunion où Jenny fut enfermée. Keyna et Samal la laissèrent, lui prirent son sac, elle allait rester une heure dans sa cellule.

La jeune militaire toujours avec son AK47, vint alors chercher Jenny. Samal n'était plus là, Keyna lui dit qu'il était reparti vers une caserne de mecs, et lui annonça qu'elle allait être présentée à la commandante du 2ᵉ Bataillon, la colonelle Serdar. La jeune Kurde fit rentrer Jenny dans un bureau, lui enleva les menottes et se recula de trois mètres dans un coin. Il n'y avait pas de chaise, Jenny resta debout.

La Française voyait un grand bureau avec un ordinateur équipé d'un écran plat. Des plantes grasses décoraient et donnaient un air féminin au bureau. Une fenêtre donnait sur la cour par où étaient arrivées les trois jeunes personnes. Dans des vitrines, trônaient des cadres avec des photos de femmes en tenue de soldat, en section ou en position de combat et quelques diplômes que Jenny ne put déchiffrer. Assise au bureau, la colonelle paraissait imposante, non par sa corpulence, mais par sa présence et ses grands yeux qui vous pénétraient et qui semblaient lire en vous, son visage large accentué par une coiffure épaisse châtain foncé. Une lieutenante était à ses côtés, armée d'un pistolet automatique, la sangle était ouverte et Jenny voulait bien parier que le cran de sécurité était déverrouillé. Cette colonelle devait être une cible pour les djihadistes de tout poil.

- Bonjour, Madame la colonelle.
- Bonjour, Madame ! répondit l'officière. Ce sera *colonelle* si je décide de vous prendre pour combattre dans nos rangs. En attendant, ce sera madame.
- Oui, colonelle !

Les deux femmes se défièrent du regard pendant un bref silence qui parut malgré tout être très long pour Jenny.

- Vous vous appelez Esma Tabriz, si je lis votre passeport. Vous êtes turque, née à Paris le 11 janvier 1989. Une Esma Tabriz existe bien dans les fichiers à l'ambassade turque à Paris, mais ils n'arrivent pas à faire le lien avec une personne qui y aurait travaillé en tant que traducteur.
- C'était il y a presque vingt ans, colonelle. Quelques années après ma naissance, mon père est allé en Espagne et il est décédé il y a dix ans.

- Oui, peut-être. Vous auriez pu prendre la nationalité française, puisque vous êtes née en France.
- Oui…

Jenny sentit toutes ses antennes se mettre en alerte, elle l'appelait son sixième sens. Son maître l'avait initié à écouter les bruits de respirations, de battements de cœur, sentir l'ambiance ou encore savoir regarder les comportements. Il lui disait être l'utilisation correcte de ses cinq sens. L'homme n'a pas besoin d'un sixième sens, mais a besoin de développer ses capacités extrasensorielles. La transpiration d'un individu qui coupe du bois ne sent pas la même odeur que celui qui va transgresser la loi, disait maître Kino Senseï.

À ce moment-là, Jenny eut l'impression que l'interrogatoire était pipé.

- Votre mère s'appelle Khani, me semble-t-il ?
- Oui, colonelle.
- Vous avez, j'ai entendu dire, des capacités de destruction, arts martiaux, maniement des armes. Qui me dit que, lorsque vous aurez une kalachnikov chargée dans les mains, vous n'allez pas faire un carnage dans mes rangs ?
- Je… En fait, non ! Colonelle, puis-je enlever ma veste ?
- Vous voulez vous déshabiller, encore, répondit-elle avec un sourire. Allez-y !

Jenny enleva sa veste, déchira son épaulette et récupéra son passeport français qu'elle tendit vers la colonelle en s'approchant. La lieutenante la devança et récupéra le passeport pour le donner à la femme gradée. Jenny remit sa veste en un geste rapide.

- Je m'appelle Jenny Canuto, je suis française. Tout ce que j'ai raconté depuis que je suis au Kurdistan est faux. Je suis une ancienne sergente de l'Armée de Terre française, j'ai déserté pour venir me battre ici avec vous et contre l'État Islamiste.

Jenny put sentir la surprise de Keyna qui avait resserré ses bras sur son arme, mais bizarrement, la colonelle était soit très forte pour dissimuler ses émotions, soit elle se doutait de quelque chose.

- Voyez-vous ça, on a affaire à une menteuse, et vous croyez que je dois vous faire confiance, maintenant.
- J'étais en Afghanistan à me battre pour la France quand un fils de pute a tué ma mère et mon frère dans les rues de Paris lors d'un attentat le 6 mars 2012. Les responsables français m'empêchent de reprendre les armes pour me battre et je veux me battre ici avec vous et contre l'État Islamiste.
- Vous vous répétez, pourquoi avoir inventé toutes ces histoires ?
- Si j'avais débarqué dans ce pays avec ma vraie identité, dès l'aéroport, vous auriez contacté le consulat français. Ils auraient exigé de me renvoyer en France. Je suis une hors-la-loi, j'ai déserté l'armée française, c'est une faute lourde, mais je ne pouvais faire autrement. De plus, il m'aurait fallu un visa pour venir si je partais de France, de Turquie ou d'ailleurs.
- Oui, humm. Peut-être.

Jenny avait du mal à comprendre certaines de ses allusions.

- Vous pouvez demander au consulat, ils vont se renseigner et ils vous confirmeront mon identité. Ne me renvoyez pas au gouvernement français, ils me ramèneront en France en prison, je ferais tout pour repartir. J'irais vers la Syrie.
- Quel était votre job en Afghanistan ?
- Avec mon équipe, j'étais en appui feu pour protéger les équipes de déminage sur le terrain.
- Vous avez tué un taliban là-bas ?
- Non, je n'ai pas eu à le faire.
- C'est la seule vérité que vous nous avez dite, alors ?

- Non, colonelle, il y a aussi le fait que je veux combattre avec votre bataillon, avec les Peshmergas et contre Daech.
- Vous voulez vous venger, en fait.
- Je n'en suis pas sûre, je veux surtout me battre, sentir la peur et l'adrénaline me saisir. En France, les femmes sont encore trop peu dans les régiments de combattants et nous sommes à peine tolérées. Il y a toujours de la retenue, du côté des hommes comme celui des femmes, d'ailleurs. Même si la qualification et le professionnalisme sont les mêmes, il y a encore des barrières psychologiques dures à franchir. C'est la raison pour laquelle je veux me battre avec votre bataillon.
- Vos arguments me plaisent. Vous n'excluez pas le fait qu'il y a de la vengeance dans vos actes, pourtant.
- C'est une question que je me pose, et je n'ai pas la réponse, je ne connais pas la réaction que j'aurai quand je me retrouverai seule devant un fou de dieu.
- À l'inverse moi, je me pose la question de savoir si vous tuerez un individu qui menace une de mes soldates ou si vous hésiterez. La civilisation occidentale n'a pas la même philosophie, ni la même vision de la mort qu'en Orient, dans nos pays en guerre depuis des lustres.
- Je suis militaire depuis cinq ans et je suis sûre de mon état d'esprit quant à ma mission ainsi que la protection de mes collègues de feu. Je sais ce que j'aurai à faire dans le combat.

Après un moment de silence, la colonelle jeta un œil d'interrogation à la lieutenante puis revint sur Jenny, elle réfléchissait en regardant la Française dans les yeux. Autant, tout à l'heure, celle-ci avait fait sa bravade en balançant le *colonelle* ! Là, elle était obligée de quitter les yeux de l'officière pour jeter un œil vers la lieutenante et vers Keyna. Celle-ci semblait hors d'elle.

132

- Je déchire ce passeport turc ?
- Oui, colonelle.
- Vous allez passer au minimum deux mois ici, je veux savoir à qui j'ai affaire avant de vous donner une arme et on avisera ensuite. Il y a une équipe de quatre femmes, vous serez avec elles. Lieutenant, vous présenterez Madame Canuto à ses nouvelles collègues. Elles n'ont plus de chef. La soldate Mehabad, ici présente, a passé quelques mois au front et fera office de chef de ce groupe.

Interpellée par sa supérieure, Keyna acquiesça d'un signe de tête. Elle regarda ensuite Jenny avec un regard noir. Celle-ci venait de se rendre compte qu'elle s'était fait une ennemie. Keyna lui avait donné sa confiance à tort et la Kurde lui en voulait.

- Madame Canuto, je vous appellerai maintenant soldat. Vous ne pouvez évidemment pas revendiquer votre grade de sergent du passé. Vous recommencez tout en bas, c'est OK pour vous, Soldat Canuto ?
- Oui, colonelle, je l'entendais comme cela.
- Heureuse de l'entendre, il y a une seule personne affectée aux cuisines, elle s'occupe des achats, de la gestion. Ce sont les soldates en formation qui l'aident dans les cuisines. Il y a des travaux d'intérêt général, vous connaissez cela sans doute. Ne croyez pas, soldat que les journées vont passer à s'entraîner, nous construisons ici un état d'esprit, il faut apprendre à vivre pour la collectivité, et pour votre équipe. Vous n'allez pas encore toucher une arme, vous êtes toujours prête ?
- Oui, colonelle.
- En ce qui concerne l'argent, les femmes ici, comme les hommes d'ailleurs ne font pas la guerre pour toucher une paye, mais pour sauver leur pays. Ils reçoivent malgré tout

une petite solde, en fonction des grades. Nous n'engageons pas de mercenaires, nous vous donnerons donc un uniforme, un toit et de quoi manger, peut-être un jour une arme, mais vous n'aurez pas d'argent. Toujours OK ?

- Oui, colonelle.
- Je vous interdis de sortir de la base pendant une certaine période. Si vous voulez partir, c'est définitif, et on vous ramène à votre consulat. Je pars du principe que je ne vous fais pas confiance encore. À vous de montrer ce que vous valez, j'aviserai dans deux mois. La lieutenante a dans son bureau un coffre-fort où vous pourrez ranger votre argent et votre passeport.
- J'ai un traitement de faveur, ou c'est habituel pour tout le monde ?
- Vous êtes la première étrangère ici, toutes les femmes venues ici pour apprendre à se battre habitent une région kurde et ont notre nationalité, et je peux vous dire que je prends malgré tout le maximum de précautions. Les hommes qui débarquent au Kurdistan et qui ont une autre nationalité viennent pour la plupart recommandés par un oncle, un cousin ou un autre représentant de leur famille. Il n'y a que quelques groupes de mercenaires américains qui se battent en Syrie. Pour en revenir aux femmes ici, comme vous pouvez le penser, nous ne sommes pas une menace directe pour nos ennemis, notre pouvoir de destruction étant inférieur à celui des hommes. Par contre, pour ce que nous représentons, les fous de Daech nous craignent et essayent de nous nuire. Ils n'ont pas peur de la mort qui leur serait administrée par un homme, ils croient par contre que si une femme les tue, le paradis leur sera interdit. Ils ont déjà essayé de nous envoyer des femmes manipulées, des

134

esclaves à leur folie pour nous faire du mal. Je suis donc extrêmement méfiante avec quelqu'un que je ne connais pas. Je me suis fait bien comprendre, soldat.
- Oui, colonelle.
- À part le maniement des armes et les arts martiaux, vous savez faire autre chose, je ne sais pas, la mécanique par exemple ou l'électricité ?
- Non, j'ai quelques facilités avec les langues. Je n'ai pas menti quand j'ai dit que je parlais français, espagnol, anglais, arabe et je peux me faire comprendre en allemand.
- Oui, cela ne vous empêchera pas de faire les corvées les plus pénibles. Il faudra essayer d'apprendre le kurde.
- Oui, colonelle, je pense y arriver rapidement.
- La soldate Mehabad va vous enfermer dans la salle de réunion le temps qu'on vérifie votre identité. On ira ensuite vous présenter à votre nouvelle vie. Il ne me semble pas y avoir de problème, sachant que vous êtes sous surveillance pour une durée indéterminée. Pas de questions ?
- Non, colonelle.
- Vous pouvez disposer, alors. Mehabad, vous enfermez la soldate, pas la peine de remettre les menottes et vous revenez ici, je vous attends.

Les deux jeunes femmes sortirent du bureau, Keyna ne remit pas les menottes aux poignets de Jenny. Par contre, dans le couloir, elle lui jeta son sac sur ses pieds en lui disant de façon hargneuse :
- Votre sac, soldat !
- Keyna, attend, qu'est c…
- Ce sera chef, soldat, je suis ton chef et tu m'appelles chef, cracha keyna au visage de Jenny.
- Mais je ne pouvais rien te dire dans le pick-up, bon sang. Je suis désolée, tu aurais été obligé de me trahir.

- C'est toi qui m'as trahie, j'avais confiance en toi. Tu as une dette envers moi et tu m'appelles chef. Rentre là-dedans !

Elle referma à clef violemment la porte de la salle de réunion et Jenny resta un petit bout de temps. Elle ruminait cet incident, la première fille avec qui elle avait de bon rapport, elles auraient pu être copines, et ça avait merdé...

Keyna, les yeux en colère et la lieutenante revinrent au bout de trois quarts d'heure et amenèrent Jenny au rez-de-chaussée. Jenny vit des salles de cours ou de briefing. La lieutenante frappa un coup sur une porte et rentra, suivie de Keyna et de Jenny.

À l'intérieur, quatre jeunes femmes étaient en train de travailler sur des cartes d'état-major, elles semblaient reporter sur une carte vierge un parcours tactique. Les filles se levèrent et se mirent au garde-à-vous. Elles étaient toutes habillées avec un treillis vert pale tirant vers le jaune.

- Mesdames, la soldate Mehabad Keyna, ici présente revient du front, elle sera votre chef et votre instructrice attitrée. Elle va loger au troisième étage ici avec les cadres. Dans votre chambrée, par contre, vous allez accueillir la soldate Canuto, une nouvelle. Elle est française, ne parle pas kurde, mais parle arabe et anglais. Vous lui présentez la base, elle n'a pas le droit de sortir pour l'instant. Vous allez l'emmener au magasin d'habillage pour lui fournir un équipement, la préposée est au courant. La journée est finie pour vous. Vous reprendrez les corvées demain ainsi que les cours. Je verrai avec Keyna Mehabad votre programme.

La lieutenante fit une pause, se tourna vers les deux arrivantes et présenta les militaires. Les deux sœurs Azin et Rojda Khalil puis Sivan Aydin et enfin Dersime Tabriz. Keyna ricana méchamment, c'était effectivement un nom répandu. Les quatre femmes étaient brunes, les cheveux mi-longs. Les sœurs Khalil, avec quelques années de différence, ne se ressemblaient que moyennement. Azin, la plus jeune, petite, les cheveux attachés par une sorte de foulard ou de tissu pas très large d'un rouge pâle, semblait timide avec un beau visage fin, elle ressemblait à une poupée. Sa sœur Rojda, plus grande avait une coupe au carré qui épaississait un peu son visage fin. Dersime devait avoir quelques centimètres de plus que Jenny, c'était la plus grande. Elle tenait ses cheveux par une cordelette au niveau de sa nuque. Son visage était assez carré, ses traits épais, pas très féminin mais avec de beaux yeux rieurs. Enfin, Sivan, la plus âgée devait avoir dans les trente-cinq ans. Belle et triste, ses cheveux tirés en arrière très serrés, sa tenue jusqu'à son grand front lui donnait un port altier mais tout son être semblait porter un lourd passé.

Une fois les deux responsables parties, Keyna leur donna rendez-vous le lendemain matin, les filles dévisagèrent Jenny quelques secondes et Dersime brisa la glace.

- Salut, bienvenue à la guerre.
- Bonjour.
- Assieds-toi avec nous, pose ton sac dans le coin, on va aller dans notre chambre tout à l'heure.
- Tu es française ! Qu'est-ce que tu viens faire ici, tu veux te battre avec nous ? demanda Azin.
- C'est une longue histoire, je vous raconterai.
- Doucement Azin, avec tes questions, sermonna sa sœur aînée.
- Oui, pardon. Répondit la cadette en rougissant.
- C'est quoi ton prénom, j'ai déjà oublié ?
- Jenny, je suis une ancienne militaire de l'armée française, j'ai combattu en Afghanistan pendant un mois, je n'ai pas spécialement une grande expérience de la guerre.

Jenny tâchait de rester humble, elle désirait avoir de bons rapports avec les filles d'ici.

Après quelques banalités, tout le monde un peu embarrassé, le groupe décida d'aller à la chambre et au magasin pour équiper Jenny. Les cinq femmes traversèrent la cour, rentrèrent dans le bâtiment opposé au PC et s'engagèrent dans le couloir au rez-de-chaussée. Il était essentiellement composé de chambres, il y en avait une douzaine, sur toute la longueur du bâtiment. Dersime dit qu'on pouvait loger trois cents soldats en tout. Dans une chambre, Jenny vit 8 lits associés chacun avec une armoire, les Kurdes lui désignèrent une place. Des WC et des douches étaient communs à l'étage au centre.

Jenny put enfermer son sac et les filles allèrent au magasin, au premier étage près d'une infirmerie dans l'immeuble à l'entrée. Elle eut droit à un uniforme neuf, Rojda lui annonça que c'était pour les cérémonies, les entraînements si des journalistes ou du public étaient présents. Deux treillis d'occasion lui furent fournis, ils allaient bien. Jenny reçut une paire de chaussures de marche, un short et un tee-shirt pour le sport. Le magasin était équipé en produits d'hygiène divers, même des sèche-cheveux, mais tout cela était payant. La Française avait encore une liasse de billets cachée dans son sac, il lui faudra se renseigner pour changer les euros, se dit-elle. La lieutenante avait mis le passeport et les liasses de billets dans un coffre-fort. Jenny lui avait donné aussi sa carte de crédit encore cachée dans son sac.

Les jeunes femmes revinrent dans la chambre, discutèrent pendant quelques heures de Paris, Jenny posa des questions sur le 2e Bataillon et la caserne. Elle apprit qu'elles n'étaient pas nombreuses en ce moment, juste environ deux cent alors que la capacité de la base était de cinq cent.

Les deux sœurs étaient là depuis quatre mois. Au début, elles étaient seules pour former un groupe de *bleues*. Elles ne s'en plaignaient pas, leur père était officier militaire. Elles avaient toujours vécu en relation avec des militaires et cette vie leur plaisait. Leur mère habitait Erbil et travaillait dans l'enseignement des jeunes enfants. Azin venait de sortir de l'école avec son diplôme d'institutrice et Rojda avait déjà travaillé quatre ans dans une école. Était arrivée ensuite Dersime racontant qu'elle avait fini ses études, elle avait un brevet professionnel de soudeuse. Avec l'évolution du Kurdistan, elle avait du travail, mais Dersime voulait contribuer à la défense de son pays avant son travail. Jenny sentit bien que Sivan ne parlerait pas de son histoire, la Française parla et raconta ce qui l'avait amenée à Sulaymaniyah. Les filles passèrent de l'enthousiasme au dégoût. Sivan l'interrogea sur la guerre en Afghanistan qu'elle semblait connaître, sur les entités géopolitiques mises en œuvre lors du conflit. Elle posait des colles d'ailleurs à Jenny, qui ne maîtrisait pas spécialement tous les aspects de cette guerre. Sivan ne semblait pas attendre beaucoup de réponses, elle paraissait poser des questions pour participer un peu à la discussion. Lorsque Jenny vint à parler de son jeune frère tué lors de l'attentat, son émotion et ses yeux embués participèrent au départ de la Kurde, complètement abattue. Personne ne dit rien, il était trop tôt à Jenny pour poser des questions.

Au bout d'un moment, elles allèrent vers la cantine, Jenny découvrit les cuisines où les groupes venaient chercher de quoi se restaurer. La ration consistait à une canette de boisson gazeuse, une bouteille d'eau, du pain, un bol de soupe, une assiette de légumes mélangés à de la viande hachée et une orange. Les filles mangèrent sur une des tables disposées dans une salle adjacente à la cantine. Les Kurdes conseillèrent à la Française de garder les boissons en bouteille pour le lendemain. On peut prendre du thé tant qu'on veut, dirent-elles à Jenny. La boisson chaude lui fit du bien et elle était heureuse de manger. Il y avait deux repas, le matin et le soir.

Le groupe continua sa discussion, la curiosité des Kurdes ne semblait pas se tarir.

- La chef, elle n'a pas l'air commode, tu la connais, jenny ? demanda Azin.

139

- On a fait le voyage ensemble depuis Erbil, je pense qu'elle est très bien, nous nous sommes bien entendues, mais j'avais caché mon identité française, elle m'avait donné sa confiance et elle a l'impression que je l'ai trahie. Elle m'en veut.
- Elle était au front ?
- Oui, elle était passée ici se former, elle se battait du côté de Kirkouk, j'ai cru comprendre.
- Nous verrons bien, Azin. On est là pour en baver, lui dit sa sœur aînée.

Rojda annonça qu'il fallait se lever tôt, qu'elles auraient la corvée du déjeuner vers quatre heures du matin. Elles retournèrent à la chambre et se couchèrent.

Jenny, trop fatiguée, ne s'endormit pas de suite. Ses nouvelles copines lui avaient souhaité bonne nuit en kurde. La Française était dans la place pour sa nouvelle vie. Elle pensa à la caserne valmorin. Normalement, la sergente étant toujours en permission, l'alerte n'avait pas été donnée. Elle ne pouvait imaginer l'ampleur du bouleversement qu'il allait y avoir lundi prochain. L'adjudant Barenne allait téléphoner à son père, à Joinville-le-Pont. Jenny lui avait donné la consigne de répondre aux sollicitations en disant qu'elle était partie, mais qu'il ne savait où. Que, dès qu'elle pourrait, elle donnerait des nouvelles. Jenny ne savait quand elle pourrait faire un signe à son père. Elle s'endormit au bout d'un moment.

La journée suivante allait commencer tôt, le soleil se levait vers cinq heures en cette fin avril. Une heure avant, Jenny s'était habillée avec un treillis d'occasion. Il était propre. *Qu'est-il arrivé à la militaire qui portait cette tenue ?* Azin répondit que certaines filles partaient au bout de 3 mois, que la vie militaire ne leur convenait pas.

Les cinq femmes étaient allées en cuisine pour assurer le service. Elles récupérèrent les pains de farine de blé pour les réchauffer au four. Une fois chauds, ils furent farcis d'une cuillère de côtes de

140

blettes revenues et mélangées avec de la crème ou du yaourt. Il y avait du riz tiède et du fromage pour celles qui en voulaient. En fait toutes les filles en prenaient, il y avait deux repas à la caserne, il fallait tenir le coup jusqu'au soir. Le déjeuner était accompagné de thé.

La préparation était plaisante, Rojda et Azin apprirent à Jenny la cuisson du riz en quantité. Le nettoyage ensuite du matériel de cuisine était moins agréable mais la Française appréciait ce travail en groupe dans son nouvel environnement. Elle écoutait tous les conseils, elle buvait les paroles des soldats qui venaient déjeuner. Dersime lança quelques phrases en kurde, Jenny comprit qu'elle parlait d'elle en entendant le mot France et en sentant sur elle les regards interrogateurs. Jenny fit la connaissance de Beyan, la cuisinière, ou du moins la chef de cuisine. Elle donnait les ordres, surveillait les temps de cuisson, fournissait les denrées. Agée d'une quarantaine d'années, elle avait bien profité de sa vie en cuisine, rondouillarde, l'air jovial. Malgré tout, il ne devait pas falloir la mettre en colère.

La colonelle vint chercher son déjeuner. Elle n'adressa même pas un regard à Jenny. Celle-ci apprit que tout le monde habitait à la caserne. Très peu de femmes, à peine deux ou trois avaient des enfants en bas âge, et c'était encore des cas particuliers ; une grand-mère gardait l'enfant, pour une autre, l'enfant était gravement malade et hospitalisé. Quelques femmes comme la colonelle avaient des enfants qui étaient partis de la maison.

Grâce au nettoyage, le groupe évita la cérémonie du lever au drapeau, Jenny n'avait pas fait attention que le drapeau avait été baissé hier soir. Elle entendit l'hymne déjà entendu à Erbil. Keyna était passée aussi pour son déjeuner, elle était allée voir Rojda, pour dire qu'elle se présenterait au groupe vers sept heures dans la salle de cours. Rojda et Dersime étaient un peu les meneuses de l'équipe. À la fin des corvées, les filles se dirigèrent vers la salle de cours.

- Je m'appelle Keyna, je suis passée comme vous au 2e Bataillon. J'y suis restée sept mois à faire ma formation et j'ai été envoyée d'abord à Erbil où j'ai perfectionné mon tir. J'ai une spécialité de tireuse d'élite. Les femmes sont meilleures que les hommes dans cet exercice car elles sont plus calmes, elles arrivent à maintenir plus longtemps leur concentration.

Keyna avait commencé sa présentation en arabe, sollicitude qu'apprécia Jenny, les autres filles en comprenaient la raison. Les Kurdes parlent aussi arabe, historiquement et du fait de l'hégémonie irakienne de la dictature Hussein qui rêvait d'arabiser toute la région. Les jeunes femmes étaient aussi enthousiasmées par la spécialité de Keyna, Jenny n'était pas au courant.

- La seule chose qui m'importe est de vous conduire à un niveau acceptable pour être envoyées au combat. Je me moque du reste. Nous allons travailler sur de multiples sujets. Le programme est fixé, je ne reviendrai pas dessus. Vous travaillerez du maniement des armes aux contraintes psychologiques en passant par quelques manœuvres tactiques en fonction du terrain. Vous aurez une psychologue pour vous parler de la mort de vos amis et éventuellement de la vôtre. Il faut être conscient que la pire des choses qu'il peut vous arriver, c'est de tomber entre les mains de nos ennemis. Pas de questions ?
- On peut espérer être tireuse d'élite, aussi ? demanda Sivan.
- Oui, je me ferai un plaisir de former quelqu'un ayant les capacités. Il y a un aspect technique, une espèce de don ou de prédisposition et un aspect psychologique. Vous ne bougez pas, vous devez vous faire oublier, le temps peut sembler long. Puis, ce n'est pas un combattant que vous avez en face, je veux dire par là qu'il n'est peut-être pas en train

de combattre, il peut manger, porter une caisse, rire. Votre job, c'est de lui mettre une balle dans la tête quand il s'y attend le moins.

- Cela ne me posera aucun problème, asséna Sivan qui montra sa haine à Jenny pour la première fois.
- On en reparlera, vous travailliez hier sur des cartes, sur la topographie ?
- On t'appelle comment ? demanda Jenny en regardant Keyna dans les yeux.
- Je suis votre chef, mais vous m'appellerez Keyna, nous avons toutes le même grade.

On put sentir la tension entre les deux filles, un silence s'installa, on aurait pu entendre une mouche voler, les deux femmes se regardaient d'un œil noir.

- On va faire du sport ? intervint Dersime pour rompre le silence.
- Oui, on va courir.

Les filles partirent vers les chambres pour se changer, Keyna appela Jenny :

- J'ai pris un savon par la colonelle, elle avait tout compris. Le principal, c'est la mission. Elle est de former des soldats et de les envoyer au combat, et nos ennemis, ils sont là-bas ! m'a-t-elle dit. Elle dit aussi que c'est moi qui ai fait une faute professionnelle de faire confiance à *n'importe qui* ! Donc on fait comme s'il ne s'était rien passé, mais tu ne l'emporteras pas au paradis, tu me dois toujours une dette !
- Ça me va comme cela.
- Je dois te surveiller, je vais te coller au cul, tu n'as pas intérêt à sortir de la ligne blanche, ou je t'éclate ta figure de frenchie.
- On va courir, chef !

143

- Fais gaffe à toi !

Keyna rumina encore, elle se remémorait l'entretien avec la colonelle. Celle-ci lui avait dit que la Française leur serait utile quand les journalistes européens commenceraient à être au courant. Vis-à-vis du gouvernement kurde, elle serait un plus pour avoir des moyens supplémentaires ou pour envoyer des femmes se battre quand la pression internationale serait plus active. La colonelle lui avait raconté aussi que les Français étaient au courant pour la démission et l'arrivée de Jenny au Kurdistan. C'étaient eux qui avaient prévenu les Kurdes lorsqu'elles étaient toutes les deux en route pour Sulaymaniyah. Keyna devait garder cette information secrète évidemment.

Les journées allaient passer, Jenny apprenait le kurde, elle allait faire ses corvées avec son groupe. Jenny adorait quand elle était de service aux repas, le matin et le soir. Elle était avec ses copines, elle s'était liée d'amitié avec Beyan, la cuisinière. Il y avait des crises de fou rire quelquefois, avec cette équipe si disparate, les deux sœurs assez différentes, la jeune à la fois timide et exubérante Azin et la sage Rojda, le boute-en-train Dersime, les sourires qu'elles arrivaient à soutirer à Sivan. Et maintenant la Française qui donnait un parfum particulier lorsqu'il se rangeait en section pour le lever des couleurs. Les filles, considérées comme les bleues avant l'arrivée de Jenny, avaient pris de l'importance dans le bataillon. C'était devenu le groupe de la frenchie.

Quatre jours après l'arrivée de Jenny, elles étaient en train de désherber la piste, au pied du bureau de la colonelle, quand quelques filles, menées par une soldate assez costaude s'approchèrent du groupe. Jenny l'avait déjà remarqué, elle s'appelait Zeino. La fille, l'air de rien, tapa dans le seau à Jenny, renversant l'herbe au sol !

- Hey, c'est toi la Française, paraît-il que tu veux te battre et faire la guerre !
- Tu ne pouvais pas faire attention, tu as renversé mon seau d'herbe.

144

- Ce n'est pas grave. C'est ton boulot, de ramasser l'herbe et de la mettre dans le seau.
- Peut-être tu ne l'as pas vu, tu as l'air d'être complètement idiote.
- Hé oh, tu me traites d'idiote, fais gaffe à toi !

Elle mesurait une tête de plus que Jenny, elle tenta de la pousser de ses deux bras, elle n'en eut pas le temps, la Française esquiva un bras et retourna la main de l'autre bras en faisant une clé articulaire au niveau des doigts, un des premiers gestes d'autodéfense dans le jiu-jitsu. La baraquée se dégagea et essaya de donner un coup de poing à Jenny. Elle esquiva par un Tai sabaki, une rotation du corps, se retrouva derrière la Kurde et lui mit un coup d'épaule.

- Mesdames, cria soudain la colonelle de sa fenêtre, ce n'est pas ici qu'il faut se battre, c'est au front. Si vous voulez faire un combat, c'est sur le ring.

Jenny, à ce moment, fut persuadée que le coup était préparé par l'officière, peut-être pour mettre à l'épreuve la jeune femme.

- C'est elle qui t'a dit de venir m'emmerder ! fit Jenny à la grande Kurde qui répondit d'un sourire entendu.
- Mesdames, dans une demi-heure sur le ring, je suis curieuse de voir cela, cria encore la colonelle.

Une demi-heure après, Jenny était devant la salle de boxe dans un recoin du hangar. Elle était allée mettre sa tenue de sport, Rojda lui avait trouvé une paire de gant de boxe, la pauvre Azin était inquiète.

- Tu dois faire attention, Jenny, elle fait de la boxe et du Sayokan.
- C'est turc, je crois que cela ressemble au jiu-jitsu, mais elle est lente, ne t'inquiète pas, Azin. Elle joue trop avec sa stature.

Jenny avait l'impression que la moitié du camp était là. La colonelle était évidemment présente aussi, la Française se demandait si

145

elle était juste curieuse, si elle désirait que Jenny prenne une raclée, ou peut-être qu'elle espérait que la Kurde prenne une raclée, et ainsi confirmer les talents de la Française. Jenny s'était chauffée pendant un quart d'heure. Les règles locales intimaient jusqu'à trois rounds de trois minutes.

Les deux filles montèrent sur le ring et commencèrent à sautiller en se dévisageant. La Kurde lançait les coups, mais Jenny les esquivait toujours par des manchettes et surtout par des rotations de corps. À la fin du round, aucun coup n'avait été porté. La colonelle s'approcha de la Française, lui dit :

- S'il y avait des juges, vous seriez à l'amende pour non-combativité.
- Je n'ai rien à prouver, colonelle.
- Moi, je veux connaître votre niveau pour savoir si vous êtes apte au combat, vous n'allez pas faire des sauts de cabri si vous êtes face à un ennemi.

Le round redémarra, la Française rentra un peu dans le combat. La Kurde, infatigable, continuait d'asséner des coups. Jenny esquiva et, par trois fois, fit tomber Zeino en la déséquilibrant. À la moitié du round, la Kurde commençait à s'énerver, tandis que la foule se mettait à crier à chaque fois qu'elle tombait. Jenny décida de conclure rapidement. Zeino frappa avec le bras gauche, la Française bloqua le coup par son bras opposé, porta un coup de poing au visage de la Kurde, puis un coup de pied au ventre. Zeino se retrouvait pliée en deux, Jenny baissa légèrement son centre de gravité et effectua un ippon-seoe-nage en faisant basculer la Kurde au sol. Elle lui bloqua le bras avec une clé de poignet. La Kurde hurla de douleur et tapa au sol pour la fin du combat. Jenny releva Zeino, celle-ci ne souriait pas, se tenant le bras, mais ne paraissait pas haineuse, au contraire. De sa main valide, elle félicita Jenny en lui disant qu'elle allait travailler pour lui rendre sa pareille. L'assemblée était excitée, la colonelle calma tout le monde en disant que, si Jenny était d'accord, des cours seraient donnés tous les soirs après manger. Jenny se retrouva à former les femmes du 2e Bataillon.

Au bout de trois semaines, la colonelle autorisa Jenny à toucher une arme. Les filles utilisaient l'AK47, l'arme de dotation. Démontage remontage, les soldates voyaient l'importance de savoir entretenir une arme : si l'arme est sale, elle s'encrasse et vous êtes mortes. Jenny avait tiré quelques chargeurs de Kalachnikov à Valmorin, mais ne maîtrisait pas vraiment cette arme. Elles allaient tirer régulièrement, le stand de tir était derrière le hangar. Azin était très précise. Son insouciance lui permettait de balancer des balles en étant dégagée de tout stress. Elle paraissait jeune pour être envoyée sur le front et Rojda en avait peur. Celle-ci aurait toujours peur pour sa jeune sœur.

Sivan avait vu Jenny en pleine méditation, elle l'avait interrogée sur le but et sur les différentes étapes de cette réflexion sur soi. Tu t'assieds confortablement, les yeux fermés, tu respires avec ton ventre et tu te concentres sur ton corps et ta respiration, lui expliquait Jenny. Le ventre se gonfle quand tu inspires et tu expires en rentrant ton ventre qui pousse sur les poumons. Tu entres en contact avec toi-même, tu canalises ton esprit sur ton pied gauche, tu le sens chauffer, puis tu continues sur les autres membres de ton corps. Tu ressortiras apaisé de ces exercices. Quand Jenny avait fait le lien entre ces exercices de concentration et le tir de précision, Sivan avait été d'autant plus intéressée et suivit la Française dans ses séances.

Un jour, dans ce moment commun de bien-être, Jenny lui avait demandé si la Kurde avait parlé à une psychologue de ce qui lui était arrivé ou si elle voulait en parler. Sivan poussa des yeux horrifiés, elle partit en courant. Jenny se dit qu'elle avait peut-être fait une connerie. Dersime et Rojda étaient venues lui demander ce qui s'était passé. Avec des reproches dans les yeux, elles étaient à la limite de passer une soufflante à Jenny. Elles lui avaient fait la gueule tout le reste de la journée. Mais la brèche était ouverte. Le lendemain, vers midi, Jenny s'isola dans une sorte de vestiaire près de la salle de sport pendant que les filles se reposaient dans la chambre, Sivan revint, muette, pour une séance en commun de méditation. Les deux femmes étaient seules, la Kurde lâcha brusquement :

- J'étais mariée au maire de Sinjar, je préparais des jeunes à aller à Erbil ou dans une université ici. J'ai fait des études de sciences politiques. Quand ces monstres nous ont attaqués, ils ont décapité mon mari devant moi, ils ont abusé de mon corps, ils m'ont salie à jamais. Ils disaient que ce n'étaient pas un péché, ils me mariaient d'abord en un simulacre ridicule, et ils me violaient. Puis ils ont tué mon fils Samal d'une balle dans la tête, il avait dix ans, finit-elle dans un sanglot.

Jenny la prit dans ses bras, elle continua de pleurer un bon moment. La Française pleurait avec elle.

Il y avait un poste internet avec quelques livres à côté de la salle à manger. Jenny avait communiqué avec son père, elle avait eu des nouvelles de sa grand-mère qui râlait de ne voir sa petite fille. Si elle râle, ça veut dire qu'elle se porte bien, lui disait son père. Jenny lui enverrait une lettre en se débrouillant avec Beyan, la cuisinière pour la poster. Jenny ne raconterait pas tout, mais dirait qu'elle est loin et que tout va bien, et elle ne mentirait pas en disant cela. Jenny avait trouvé quelques livres et avait bien progressé en sorani. Elle ne parlait que kurde maintenant.

Les rapports avec Keyna ne s'étaient pas améliorés, la Kurde leur trouvait les tâches les plus pénibles, l'herbe sur la piste, les toilettes du bâtiment du commandement. Quand il y avait un exercice physique, elle criait sur Dersime en la traitant de grosse, elle s'amusait à ridiculiser Azin, sur sa petite voix et sa timidité. Un matin, lors d'un tour de terrain en groupe :

- Dersime, tu traînes, il faudrait moins manger le matin, je vais t'exempter de service de cantine le matin.

Jenny craqua et, s'approcha de Keyna.

- Keyna, c'est à moi que tu en veux, pourquoi tu t'en prends aux filles, tu es trop lâche pour m'affronter ? lui cria Jenny.
- Je suis trop lâche, tu crois ! Attention à ce que tu dis ! Tu vas le payer cher. Keyna était hors d'elle, elle savait qu'elle ne faisait pas le poids. Elle partit vers le bâtiment du commandement.
- Tu crois qu'elle va voir la colonelle, Jenny, demanda Azin.
- Ne t'inquiète pas, Je n'ai rien à me reprocher.
- Fais attention à toi, elle va te jouer un sale tour.

Cinq groupes, dont celui de Jenny, étaient partis en exercice dans les montagnes, vers l'est, en direction de la frontière iranienne. Quelques manœuvres, entraînements au combat, déjouer les embuscades et progresser en terrain hostile ou encore tirs au mortier dans les massifs inhabités allaient être les occupations de cette semaine. Les équipes étaient lâchées une par une dans la nature et devaient se retrouver sur un point désigné. Une embuscade pouvait survenir à tout instant. Il n'y avait pas de balles à blanc, si embuscade il y avait, les tirs étaient réels pour se trouver dans des conditions de guerre. Évidemment, les consignes des quelques chefs et officiers qui allaient tendre les embuscades étaient de tirer dans le but de conditionner les combattantes et les habituer au feu et non de les tuer. Pour éviter des accidents, seule Keyna avait quelques chargeurs de munitions pour les kalachnikovs et un pistolet armé. Même pendant la nuit, elles pouvaient faire l'objet d'une attaque. Les filles avaient avec elles, pour déjouer une éventuelle attaque de nuit, un lanceur de fusée d'alarme éclairante pour neutraliser l'embuscade.

Les petites querelles entre Jenny et Keyna continuaient, point de bagarres, mais des petites phrases assassines l'une vers l'autre. La

Kurde connaissait bien les montagnes et la marche du premier jour leur avait donné une bonne avance, les jeunes femmes se doutaient qu'aucune embuscade ne serait élaborée dès le premier jour. La progression avançait vite sur des grands secteurs désertiques ne présentant pas de cassures de terrains ou de falaises propres à une embuscade. Elle était plus ardue quand les filles se retrouvaient dans un canyon ou une petite vallée escarpée ou boisée. Elles devaient parcourir une quinzaine de kilomètres par jour, monter un campement nocturne avec un service de garde. En cette période, dans cette faible montagne permutant entre des vallées assez bien irriguées et des contreforts secs et brûlants habités de cailloux, il faisait entre 30 et 40 degrés la journée pour une petite dizaine de degrés la nuit. Les filles devaient prévoir l'eau et la nourriture en fonction des terrains traversés.

Le premier soir, après avoir installé le bivouac, les filles s'autorisèrent à faire un feu. Le plus grand danger n'était pas une embuscade, quelque peu illusoire dans ce désert sombre et silencieux, mais les animaux sauvages qui peuplaient ces montagnes, tel l'ours brun. Plus rare et en voie d'extinction, le guépard asiatique pouvait se révéler aussi bien dangereux. Les soldats allaient voir pendant ce périple des daims de Perse ou quelques hémiones, une sorte d'âne sauvage, lui aussi tendant à disparaître. Seuls des animaux sauvages possédant des sens autres qu'humain pouvaient surprendre les militaires dans ce silence noir.

- Azin, avec Dersime, vous prenez le premier tour de garde. Attention aux animaux, et tâchez de bien alimenter le feu, ordonna Keyna.
- Azin est fatiguée, Keyna, il faut qu'elle se repose, le sac qu'elle porte est lourd. Je vais prendre le premier tour, sortit instinctivement Jenny.

- La frenchie, tu m'emmerdes, c'est moi la chef ! Je décide qui prend les tours de garde et arrête de me prendre la tête chaque fois que je dis quelque chose.
- Comme tu veux, mais tu n'es pas capable de regarder l'état de forme de ton groupe.
- …
- Les filles, vous commencez à m'exaspérer ! s'exclama Sivan en se levant et en retrouvant son autorité et son langage académiques. Même quand on sera devant ces djihadistes, dit-elle avec une grimace lui déformant le visage et en levant le bras vers un ouest approximatif, vous allez vous comporter comme des gamines ? Nous sommes en exercice, je le concède, mais plus vite nous serons prêtes à y aller, mieux nous aiderons notre patrie et nos enfants à se défendre. Je vous demande donc de vous conduire en personnes responsables et de stopper vos querelles imbéciles. Sinon, dès le retour je demande à la colonelle de changer de groupe.

Un silence s'installa autour du feu naissant, Dersime se brûla en tenant une branche sèche enflammée dans les mains, éberluée d'entendre l'aînée se mettre à élever la voix pour la première fois. Elle cria en lâchant la brindille en feu. Les deux sœurs eurent envie de rire, mais n'osaient pas, elles attendaient la suite qui ne vint pas. Keyna et Jenny se regardèrent, se tournèrent vers Sivan, mais aucune parole ne sortit. Dersime, enfin, habituée à dégeler les situations conflictuelles, donna le pistolet d'alarme à Azin.

- Tiens, Azin, tu es plus précise que moi au tir, s'il y a un ours qui arrive, tu l'exploses avec ta fusée. Qu'est-ce qu'on mange ?

Cette intervention de l'ancienne conseillère d'orientation universitaire, sa menace de quitter le groupe pouvant jeter l'opprobre

151

sur tout le monde, la pression de la mission, *il faut être les meilleures* et l'expérience des deux femmes, l'ancienne sergente de l'Armée de Terre et la Kurde, tireuse d'élite, allaient faire que les querelles allaient se dissoudre dans ces vallées sèches et caillouteuses. Keyna trouvait du plaisir à montrer ses compétences en géologie, elle expliquait la formation des vallées, les différences de couleurs des bosses arides en définissant les différentes strates à ses coéquipières. L'amitié vis-à-vis de l'équipe allait en s'agrandissant quand elle parlait de ses montagnes. Sa lecture des cartes fit que le groupe allait éviter les pièges qui pourraient leur être tendus.

Ce fut à l'arrivée, au bout de quatre jours éreintants de marche, au pied d'un pic aride, que les filles allaient essuyer des tirs nourris. Ils commencèrent par l'explosion d'une roquette à une centaine de mètres devant elles. Une fois toutes abritées, des volées de tirs à l'AK47 partirent de tous côtés. Deux roquettes furent encore lancées, on pouvait se croire à un feu d'artifice, mais les éclats de balles s'écrasant dans les roches étaient impressionnants. Les filles savaient qu'elles devaient attendre la fin du déluge, se disaient aussi qu'en situation réelle, comment se sortir d'un guêpier pareil ?

À leur retour, Jenny eut l'autorisation de sortir. Les jeunes femmes, toutes fières, montrèrent à Jenny la ville de Sulaymaniyah, moins riche qu'Erbil, mais toute aussi vivante. Les filles emmenèrent la Française dans des magasins de fringues, au cinéma. Jenny n'avait rien compris, mais elles étaient toutes excitées. Sivan, suite à ses révélations et son intervention ayant ramené de la sérénité dans le groupe, souriait de plus en plus. Jenny acheta un téléphone avec lequel elle put parler avec son père et sa grand-mère. Elle n'en avait pas depuis le début de son périple. Elle raconta peu à sa famille, mais elle était contente de leur parler. Sa grand-mère était heureuse de la savoir en forme.

Le soir de la visite en ville, lors d'une discussion sur les statues ayant dévié sur l'art en général, Jenny vint à parler du tableau *Guernica* de Picasso.

- J'étais petite quand j'ai vu ce tableau à Madrid, en Espagne. Il est monumental, trois mètres sur sept, vous imaginez par rapport à ma taille. En le voyant, tu prends une grande claque dans la gueule, tu imagines des gens mourir, d'autres souffrir, tu vois des tueries abominables. Ce tableau représente un village, Guernica, dévasté par la barbarie. Des cousins de mon père, encore enfants, y ont été assassinés.

- Regardez, on le voit sur internet, la censure ne l'a pas bloqué, intervint Azin en montrant l'œuvre sur l'écran.

- Je ne sais pas si c'est vrai, il y a une anecdote qu'on me racontait dans ma jeunesse, ma grand-mère surtout. Un officier allemand, de la même nationalité que les assassins de ce village, demandant qui était l'auteur de cette peinture, Picasso lui aurait répondu : mais c'est vous Monsieur l'officier, qui avait fait cela.

- C'était les mêmes monstres que les nôtres ici ?

- Oui, la guerre commence par des combats de militaires déclenchés par des civils assoiffés de pouvoir ou des industriels avides de profits économiques. Après tout, c'est leur job, les militaires. C'est ensuite que des fous s'en sont pris par haine à des communautés civiles ou religieuses de façon odieuse, c'est la même chose qu'ici.

- Tu as de la haine pour eux ?

- Ces monstres étaient allemands, ils sont morts ou très vieux, maintenant. Les familles des victimes ont eu de la haine pour eux. Les Allemands ont eu, dans leur grande majorité, honte de ces agissements et les Français ont pardonné à l'Allemagne. J'ai plutôt honte pour la race humaine quand je pense à leurs méfaits, maintenant.

- Nous, nous avons de la haine envers Daech, intervint Dersime.
- Quand ils seront tous morts, on n'aura plus de haine, renchérit Azin.

À quelque quatre mille kilomètres du bataillon, à la caserne Valmorin, l'adjudant Barenne avait convoqué les sapeurs Ahmed et Marin dans son bureau. Les deux soldats ne faisaient pas les fiers.

- C'est la deuxième fois que vous vous battez au foyer, vous aviez bu. Vous me faites chier, caporal Ahmed et 1re classe Marin ! J'en viens presque à regretter vos avancements.
- Mon adjudant, tenta de se défendre Ahmed, ils se foutaient de la sergente, on ne sait pas où elle est mais on est sûr qu'elle n'a pas fait de conneries. Si elle est partie, c'est qu'elle avait ses raisons.
- Et quand bien même vous avez raison, vous croyez qu'elle serait contente de vous voir bourrés et vous battre comme des branleurs. Allez sur un ring si vous voulez lui rendre honneur, bossez votre anglais pour la passerelle sous-officier. Si elle vous voyait, elle vous éclaterait la coquille et ce qui il y a dedans. Vous êtes gras comme des porcs, vous traînez à la course à pied tous les matins. Allez courir, merde !
- Oui, mon adjudant, répondirent d'une voix éraillée les deux soldats qui imaginaient bien leur coquille.
- Le capitaine veut vous mettre cinq jours de trou. Pour votre défense, il pense que c'est la première fois, je vais essayer de descendre à un avertissement, cela ne compromet pas trop votre avancement. Je vous donne une autre chance, ne me chiez pas dans les bottes.
-
- Bon, approchez les deux chaises et asseyez-vous.

154

- Mon adjudant ? Les sapeurs se regardèrent, éberlués, sans comprendre.
- Assis, bordel, et approchez-vous.

Les soldats prirent les chaises le long du mur et s'assirent proches du bureau. Une fois assis, l'adjudant leur fit promettre de garder le secret sur ce qu'il allait leur dire, il leur donna une photo où 2 filles côte à côte marchaient dans les rues d'une ville.

- Regardez cette photo.
- C'est Jenny ! ne put s'empêcher de crier Ahmed en voyant une des deux femmes devant ce qui ressemblait à un magasin de fringues.
- Oui, c'est votre sergent, elle est à Sulaymaniyah, une ville d'Irak, enfin non, du Kurdistan irakien pour être plus précis. D'après les dires du ministère, elle se battrait avec le 2e Bataillon. C'est un bataillon exclusivement composé de femmes qui se bat contre Daech, les terroristes du monde. Le colonel pense que la volonté du ministère est de laisser filtrer l'information jusqu'aux journalistes. En aucun cas, cela ne doit passer par nous ! Donc, je vous demande le silence le plus strict. Quand l'information va sortir, il va y avoir du barouf, encore. En ce qui vous concerne, je vous ai fait une fleur, donc, vous rasez les murs. Silence absolu ! Si j'apprends que vous n'avez pu tenir votre langue, je vous promets un drôle d'avenir. C'est compris ?
- Oui mon adjudant, répondirent en chœur les deux soldats.
- C'est chaud là-bas ? demanda le sapeur Marin en montrant la photo.
- Oui, répondit l'adjudant. Vous avez deux heures avant votre engueulade devant le capitaine, vous n'avez qu'à aller sur internet pour vous renseigner. Je vous le répète ; silence sur

ce que je viens de vous dire, le capitaine n'est pas au courant que je vous l'ai dit.

- Oui, merci mon adjudant, dit Ahmed avec un sourire.
- Et à partir de demain, c'est footing, comportement sérieux et plus de biture, OK !

La deuxième fois que jenny et ses copines avaient pu sortir, c'était pour la fête de la musique du monde, le 21 juin. Sulaymaniyah était une ville en avance en ce qui concerne la culture, elle avait été la première du pays à célébrer cette fête. Des orchestres formidables, une ambiance merveilleuse, des pâtisseries délicieusement sucrées lorsqu'un moment où Jenny était en retrait :

- Sergent Canuto ? Jenny entendit en français une voix d'homme à quelques mètres derrière l'ancienne soldate de l'armée française.
- Qui êtes-vous ?

Jenny s'était retournée vivement, prête à en découdre.

Elle se retrouva devant l'individu qu'elle aurait pu croiser à l'aéroport de Roissy, puis en Turquie. En jeans et polo, sa sacoche en bandoulière, il pouvait passer pour un touriste.

- Vous pouvez m'appeler Philippe.
- Vous êtes français ?
- Oui, je suis en quelque sorte votre GO, votre gentil organisateur, c'est moi qui ai prévenu la colonelle quand vous êtes arrivée, elle ne vous a rien dit ?
- Elle était au courant que j'étais française ? balbutia Jenny estomaquée.
- Ah que oui. J'ai suivi votre gros cul de Paris jusqu'ici. J'ai adoré votre parcours en Turquie. Le premier bellâtre que vous trouvez, allez hop, au lit, vous êtes une rapide, vous.
- Vous, vous êtes un connard !

- Oui merci, je sais.
- Comment étiez-vous au courant à Paris ? Jenny avait du mal à digérer l'information.
- Les gens qui m'emploient savaient du fait de votre surveillance, sans doute, ou la surveillance d'un de vos contacts, je n'en sais rien.
- Et ils savaient que je venais ici ?
- Ils ne savaient pas où vous alliez, je devais le découvrir. Ils avaient quatre options, entre poser une bombe en Turquie pour vous venger ou aller vous battre avec Daech pour faire chier la France.
- N'importe quoi !
- Oui, je pense aussi, les deux autres options plus plausibles étaient que vous vous infiltriez dans les troupes de l'État Islamiste pour les détruire de l'intérieur ou vous battre avec les forces de résistance en Syrie ou ici.
- Quel était votre boulot, alors ?
- Mon job, c'était de vous amener ici dans le cas où vous auriez eu la mauvaise idée de vous acoquiner avec les fous de dieu. Ils voulaient vous éviter la Syrie, aussi.
- Le gouvernement français était d'accord ! Jenny allait de surprise en surprise.
- Si vous étiez allée les voir en leur proposant tout cela, ils auraient refusé tout net. Ils ne vont pas envoyer des mercenaires ou un soldat français, même si c'est une femme. Là ils peuvent casser du sucre sur vous, et en même temps ils sont débarrassés de vous. Vous les enquiquiniez, vous savez. Et peut-être qu'après, votre présence ici les arrangera.
- Pourquoi maintenant, vous venez m'emmerder ?
- Maintenant que les autorités françaises ont bien communiqué sur votre désertion, ils vont partir sur la pente

157

de la belle héroïne qui est partie au combat aider les gentils kurdes contre les monstres. Ce sera bon auprès de l'opinion publique s'ils envoient des armes ou des troupes ici. En ce qui me concerne, si vous voulez rentrer en France ou si vous avez besoin de quelque chose, vous demandez Philippe au consulat et j'arrive. Je m'occupe des Français qui se battent ici, d'un côté comme de l'autre, des gentils comme des méchants. Vous êtes ma première gonzesse, coté gentil.

- Vous êtes un connard de barbouze, en fait ?
- Je n'aime pas le terme de barbouze, sergent.

Dégoûtée, Jenny fit demi-tour et partit rejoindre ses amies qui l'attendaient, elle était abasourdie. Elle avait toujours été manipulée, par les Français et par la colonelle.

- C'était qui le beau mec avec qui tu discutais, Jenny ?
- Un Français.
- Ça n'a pas l'air de te faire plaisir de voir un compatriote.
- Non, je suis écœurée, ils se sont foutus de moi.

La Française leur expliqua les histoires de la futée Jenny qui se rendait compte n'être qu'une marionnette.

Une fois rentrée, elle alla voir la commandante du bataillon. Elle était en colère et voulait des réponses. Mais la colonelle lui dit qu'effectivement, elle était au courant, mais qu'elle n'avait jamais menti, *elle*. Assénée comme cela, Jenny ne put rien répondre que :

- Qu'est-ce que vous attendez de moi ?
- On est cinq cent mille peshmergas à se battre, ce n'est pas une de plus qui va modifier le sens de la guerre. Si je vous ai gardée, c'est pour la publicité qui va être déployée autour de vous. Vous allez attirer les journalistes de tout pays. Vous êtes une bonne soldate, je n'en doute pas, mais ce n'est pas ma priorité.
- Vous allez m'envoyer au front, quand même ?

- Bien sûr, si vous ne mourez pas au combat, vous serez peut-être un jour sur les plateaux de télévision à parler de nous et il vous faut vous battre pour parler des femmes peshmergas. D'ailleurs, des journalistes kurdes seront là pour l'exercice demain. Autrement, vous êtes libre de partir quand vous voulez, je crois vous l'avoir dit.

La Française sortit du bureau en claquant la porte.

Keyna avait été envoyée en mission. Les filles étaient maintenant commandées par Diyana. Elle était très proche du groupe, pas très expérimentée. Lors des sorties combat à l'extérieur du camp, Jenny allait prendre l'ascendant sur l'équipe et Diyana semblait s'en contenter. Les quatre filles avaient un bon niveau au tir. Sivan avait renforcé sa maîtrise dans le tir de précision plus que dans le combat rapproché. Ayin s'était améliorée autant physiquement que mentalement. Effectivement, un photographe était venu prendre des photos.

Cela faisait à peu près deux mois que Jenny était au bataillon, elle et ses copines étaient de service au déjeuner quand le reste du camp se préparait pour la cérémonie du drapeau. Les Kurdes étaient toutes en section en attendant l'heure de la cérémonie. Jenny sortit de la cantine avec un sac-poubelle, croisa à quelques mètres une fille avec une veste un peu grande, elle rentrait dans le camp. Il faisait frais à cinq heures du matin, mais Jenny sentit toutes ses antennes se hérisser. La silhouette engoncée dans sa parka fit une quinzaine de mètres encore, Jenny lâcha le sac et commença à se rapprocher d'elle.

Tous les sens de la Française étaient en alerte. Soudain, à dix mètres de Jenny, la femme ouvra sa veste, arma une Kalachnikov, visa les sections en rang au pied du drapeau tricolore et alla pour ouvrir le feu. Elle eut le temps de tirer trois cartouches que Jenny lâcha son Kiai-jutsu. Jenny faisait jaillir ce cri lui venant de son ventre et de tout son être, un cri aigu et puissant. Ce cri agit sur le plan mental et sur le plan physique, il est considéré comme une arme redoutable par les vieux maîtres.

La fille, tétanisée d'abord, puis sentant un danger imminent arrêta son tir et se retourna vers la source du danger. Cela avait laissé largement le temps à Jenny de franchir les quelques mètres jusqu'à la femme qui pointait son arme vers la Française. Celle-ci lança son pied vers la main gauche tenant l'arme au niveau de la poignée du canon. Le coup fut brutal, l'arme vola en arrière, la main explosa. La femme était sidérée, elle n'eut pas le temps d'avoir mal. Lors de ses combats, Jenny avait toujours retenu ses coups, elle ne s'imaginait pas les dégâts qu'elle pouvait faire sur un corps humain en lâchant toutes ses forces. Rageuse de n'avoir pu éviter les quelques balles de la tueuse, accroupie après son coup de pied, elle lança son corps et ses jambes tel un ressort et asséna un coup de pied circulaire sur le crâne de la tueuse. La tête, dans un craquement sinistre, fit un quatre-vingt-dix degrés et rebondit vivement sur son épaule. La femme, les deux jambes plantées au sol, n'avait pas bougé sur le coup, elle tomba ensuite lourdement. Elle était morte avant de toucher le sol.

Une Kurde avait été tuée, une autre blessée, les soldates étaient amorphes. Deux filles criaient et pleuraient autour de la victime parmi les rangs des Peshmergas. L'infirmière passa en courant chercher sa trousse de secours. La colonelle envoya des ordres pour téléphoner aux secours, puis à la police. Elle dit de ne pas toucher à la terroriste, trois jeunes femmes étaient déjà autour de la morte. Quelques-unes s'approchèrent de la Française pour la féliciter, lui dire qu'elle avait bien fait de tuer cette salope. Jenny ne se serait jamais imaginée, en venant ici, que la première personne qu'elle tuerait serait un individu de sexe féminin.

La commandante du bataillon s'approcha du groupe.

-   Mesdames, renforcez les sécurités, mettez-vous en alerte !
    Lieutenante, allez voir les deux soldates au filtrage, vous les

mettez au frais pour interrogatoire, il faut les remplacer ! Attention, il peut y avoir d'autres intrusions. Vous me mettez deux gardes armées avec chaque véhicule qui rentre, que ce soit les flics ou les secours. Personne d'autre ne rentre sur le site.

- C'est dommage que vous l'ayez tuée, on aurait pu l'interroger pour savoir comment elle est arrivée jusqu'ici, dit-elle en colère sur Jenny.
- Oui. Jenny ne put que soupirer, elle était aphone après son cri.
- Soldat, en interpellant Diyana, vous amenez votre collègue dans la salle d'attente près de mon bureau, qu'elle ne parle à personne.
- Tu sais qui est morte, Diyana ? murmura Jenny en partant vers le bâtiment commandement.
- Non, je ne vois pas, je me suis élancée vers toi quand j'ai repris mes esprits. À première vue, elle était au niveau de la troisième section.
- Bon sang, j'aurais pu l'arrêter avant qu'elle ne tire.
- Peut-être, mais heureusement que tu étais là, elle avait encore quatre chargeurs, elle nous aurait fait mal si tu ne l'avais pas stoppée.
- Quand je l'ai croisée, j'ai senti qu'elle était louche.
- Pourquoi la colonelle te gueule dessus ?
- Elle est en colère sur ce qui est arrivé et elle a raison, j'aurais dû agir plus vite et juste l'assommer.

Les interrogatoires furent menés par les policiers arrivés peu de temps après. La Kurde blessée avait été envoyée à l'hôpital, ses jours n'étaient pas en danger.

La tueuse fut identifiée, elle était partie du camp, trois mois avant, en justifiant des problèmes physiques.

161

Cet incident allait accélérer les évènements, les journalistes kurdes firent des interviews de la colonelle et de Jenny. Le sujet dévia sur l'envoi au front de la Française. La colonelle dit qu'elle et les filles de son groupe étaient prêtes à aller au combat, comme d'ailleurs la plupart de ses combattantes. *Ces femmes n'ont pas à mener qu'un seul rôle de symbole sur le front, mais, à l'instar des combattantes en Syrie, doivent participer à l'aboutissement de la victoire.* Interrogée, Jenny resta discrète, mais inflexible sur sa position qui était de combattre Daech. Une journaliste française vint sur le site avec des représentants du gouvernement kurde. Le message envoyé par la colonelle fut le même. Jenny allait constater l'étendue de sa notoriété sur internet et lors de ses appels à son père. Sa grand-mère était fière de sa petite fille. Jenny ressentit de la gêne sur tout cela. Elle était une victime, un an auparavant, elle était une héroïne maintenant.

Suite à cet épisode, la colonelle, soutenue par des appuis politiques, réussit l'envoi d'une trentaine de femmes au combat sur le front. Le groupe de Jenny faisait partie du voyage. Elles étaient toutes envoyées à Kirkouk. Le commandement du convoi était réalisé par une capitaine, deux lieutenantes et une major qui allait s'occuper de la logistique.

Deux semaines avant, la chef du camp avait convoqué Jenny pour un entretien :

- Vous allez très certainement partir au front, ce n'est qu'une histoire de jour. Vous êtes devenue une héroïne en Europe entière. C'était cela que vous cherchiez ? Je pensais à une vengeance, vous, vous parliez de combat, d'adrénaline. Vous aviez soif de notoriété, vous y aviez goûté, après l'attentat à Paris. En ce moment, vous êtes au top.
- Vous ne m'avez jamais aimé, vous n'arrivez pas à comprendre ma motivation. J'ai appris mon métier pendant

cinq ans et j'aurais dû tester des postes radios toute la journée ?

- Il n'y a pas de désamour en moi, non ! Je suis amère d'avoir eu besoin de vous pour arriver à mon objectif. Les autorités ont peur d'envoyer des filles sur le front. Hormis les tireuses d'élite qui ont leur place, les femmes que nous envoyons là-bas sont surprotégées et servent juste à déstabiliser les fous de dieu.

- Avant de venir ici, j'ai fait des recherches sur les Peshmergas sur la toile. Je suis tombée sur des reportages vous concernant sur des grands médias américains ou européens. Il est rare de voir des commandants d'un simple bataillon de formation de 500 soldats se faire interviewer par des journalistes internationaux. Ce n'est peut-être que de la propagande, mais vous êtes mise en avant. Vous faites cela pour votre notoriété ?

- Touché ! répondit la colonelle en riant. Oui, cela me coûte un peu, mais au fond, je crois vous apprécier et surtout, je dois vous dire merci pour votre venue dans mon bataillon.

- Merci pour tout, colonelle.

- Allez, sortez maintenant. Bonne continuation

Jenny salua la colonelle Serdar. Le salut militaire irakien et français est identiques, main droite et paume vers l'extérieur. Elle fit demi-tour et sortit du bureau.

Lors du discours avant le départ pour le front, la colonelle fit savoir qu'elle se greffait au convoi, elle répéta sa fierté d'avoir participé à ce beau résultat, mettre des groupes entiers de filles au combat pour défendre le Kurdistan.

Kirkouk, juillet 2013.

165

Après son séjour dans le froid hiver afghan, Jenny espérait un jour tâter du désert brûlant. Elle était servie. La route était écrasante de chaleur, en cette fin de matinée. Dans le plateau du camion, heureusement débâché, elle pouvait voir le paysage. L'industrie, toute aussi présente que vers Sulaymaniyah, portait essentiellement sur le pétrole. Jenny voyait raffineries, usines d'extraction pourvues de puits verticaux quand le gisement était imposant et, lorsque la pression d'extraction se trouvait insuffisante, des derricks disparates dans le désert pompaient tels d'immenses chevaux noirs se cabrant.

Les militaires étaient environ vingt-cinq dans le camion avec leur barda, trois autres filles aux commandes du camion, et le capitaine et ses adjointes dans un pick-up. La colonelle suivait derrière avec son aide de camp.

Le convoi débarqua enfin à Kirkouk, au sud d'Erbil et à trois cents kilomètres de Bagdad. L'administration américaine, ayant rattaché la ville pétrolifère à l'Irak, aurait préféré sans doute qu'elle restât aux mains du gouvernement de Bagdad, mais l'armée irakienne en déroute n'avait rien pu faire face à Daech. Le gouvernement kurde rêvait de s'approprier Kirkouk habitée en prioritaire par des Kurdes. Avec l'aide des bombardements de la coalition, les Peshmergas avaient repris la ville. Ils avaient expédié les forces de l'État Islamiste à une quarantaine de kilomètres. Le quartier général de la ville de Kirkouk était commandé par un colonel, averti de l'arrivée de cinq groupes de combattantes. Il voyait cela d'un sale œil, mais il avait des ordres et, surtout, il avait besoin de monde. Il aurait bien mis toutes ces femmes à la cuisine, mais il n'aurait pas eu plus de soldat et sa misogynie, sa peur de voir qu'elles étaient aussi efficaces que les hommes, lui serait retombée dessus. De plus, un membre du gouvernement et un général de l'état-major avaient débarqué en hélicoptère pour appuyer, avec la colonelle Serdar comme témoin, les ordres auprès du chef de la protection de Kirkouk, ville stratégique au plus haut point.

Après un briefing de bienvenu formaté et les différentes présentations, il parla du rôle de chacun. Il ne cachait pas son mécontentement.

- Nous avons un certain nombre de soldats femmes, elles sont performantes. Leur boulot consiste à faire les liaisons avec les hôpitaux à l'intérieur de la ville ou à Erbil. Elles s'occupent de la logistique sur la base, du transport de matériel à l'intérieur du pays, mais jamais sur le front. En ce qui vous concerne, j'ai des ordres pour vous envoyer au combat. Je ne cache à aucune de vous que c'est dur. Nous sommes pilonnés tous les jours par des ennemis qui ont des moyens supérieurs à nous. Lors de pénétrations grâce à leurs chars qu'ils ont récupérés à l'armée irakienne, ils ont fait des prisonniers, qu'ils exhibent comme des animaux avant de les abattre d'une balle dans la tête ou les décapiter. Je n'ose imaginer ce qu'ils feront s'ils attrapent une femme soldat. Soyez informées de votre éventuel destin monstrueux.

Un moment de silence pesant, le colonel reprit son discours :

- Nous avons réfléchi à la distribution des missions de vos cinq groupes. Nous avons une douzaine de postes avancés, qu'il faut approvisionner en munitions, nourriture et en eau. Il y a des relèves de personnel et d'éventuels blessés légers à ramener. Pour les blessés plus graves, nous avons un hélicoptère. J'espère que vous savez toutes conduire des véhicules plus ou moins gros, dit-il en regardant sa collègue féminine qui lui répondit d'un signe d'acquiescement. Vous vous approcherez très proche des lignes de front et, en plus de la logistique, vous aurez une mission de surveillance. Toute personne suspecte, véhiculée ou pas devra être arrêtée. À partir d'une ligne à dix kilomètres d'ici, les civils sont normalement interdits, vous devrez contrôler tout le monde,

167

il y a des sauf-conduits, nous vous montrerons à quoi ils ressemblent. Vous aurez donc un camion et une voiture par groupe pour fournir deux postes avancés. Une fois déchargé, vous renforcerez les équipes en place jusqu'au soir où vous rentrerez avant la nuit. Le lendemain, votre boulot sera l'entretien et le chargement des camions. Nous étudierons ces missions avec vos lieutenants et les chefs de groupe. Quand j'aurai un autre contingent de soldats ou de femmes, *la colonelle jeta un regard noir au chef de la base*, vous intégrerez le combat sur ces positions avancées que vous connaîtrez. J'ai une autre chose très importante à vous dire, vous pouvez être interpellées par des journalistes. Je vous interdis, vous qui serez sur la route ou en poste, qui que vous soyez, de leur parler. Vous pouvez mettre des gens en danger, je punirai quiconque pour trahison si vous parlez aux journalistes.

- Ça, ma belle, c'est pour toi, murmura Dersime à Jenny avec un sourire en coin.
- Je ne reviendrai pas dessus. Pour aujourd'hui, vous allez vous installer. Les femmes sont dans le bâtiment derrière vous. Il y a de la place, c'est une ancienne base américaine. Les Irakiens ne l'ont pas entretenue, les djihadistes l'ont laissée pourrir. Nous n'avons pas tout remis en ordre, c'est en cours de rénovation. Libre à vous de mettre un coup de peinture si vous le désirez. Je laisse la parole à votre colonelle.
- Mesdames, c'est le moment de montrer nos vraies valeurs, soyez fières comme nos consœurs kurdes en Syrie. Vous avez toutes les armes pour accomplir vos missions. Concernant ce qu'a dit le colonel sur ce que vous risquez si vous tombez aux mains de nos ennemis, sachez une chose :

vous ne subirez que la même souffrance que nos mères, nos sœurs et nos filles capturées dans le nord du pays, qui elles, ne sont pas armées, sont démunies et ont l'impression d'avoir été abandonnées par le monde entier. Vous avez une chose en plus, vous en aurez tué quelques-uns, j'en suis sûre. Vous avez toutes suivi des cours psychologiques sur les comportements à avoir dans ces moments. Tout cela est la théorie. En vrai, je vous en conjure, gardez toujours une balle avec vous ; si vous en arrivez là, elle est pour vous. Le paradis que je vous promets sera plus beau que l'enfer qu'ils vous promettent. Mesdames tireuse d'élite ou autre, si vous voyez une de vos camarades désarmée et prise par ces tueurs, faites votre devoir de la libérer et de l'envoyer au paradis. Tout ceci est dur, mais il faut sauver notre patrie, il faut éliminer cette menace noire. Il faut sauver nos enfants et nos sœurs et nos mères assassinés dans le nord du pays. Et c'est aussi notre devoir, à nous les femmes du Kurdistan. Mesdames soyez fortes !

Après une pause pendant laquelle la trentaine de jeunes femmes cria pour se donner du courage et montrer leur fierté d'être en cet endroit :

-   Vous pouvez rompre, soldates.

Les officières s'étaient réunies avec l'envoyé du gouvernement et le colonel du site. Avec la major qui gérait l'intendance, l'ensemble des soldates se déplacèrent vers le bâtiment qui leur était affecté. Les filles prirent leur arme, leur paquetage, un sac de couchage et allèrent s'installer. Le groupe de la Française se retrouva réuni dans la même chambre. Effectivement, un bon coup de peinture ne serait pas de trop.

Avec un major masculin, le détachement féminin visita l'ancienne base américaine. Jenny essayait d'évaluer la puissance de l'armée kurde, elle manquait de moyens lourds. Il y avait des tanks en

169

réparation, pas de canon digne de ce nom. Jenny nota l'endroit des ateliers. Il y avait toujours des artistes de la soudure, de la découpe du bois et de l'acier pour une réparation de fortune ou dépanner un véhicule, un militaire sans mécano se retrouvait très vite démuni au combat.

Jenny et ses copines virent 2 véhicules rentrer de mission. Une mitrailleuse était fixée sur le tout-terrain Humvee d'origine américaine. Jenny était pressée de découvrir le front. Le danger, la promiscuité de ses compagnes de combat, les bruits, la tension nerveuse qui faisaient monter l'adrénaline. Jenny en sentait la proximité. Elle sentait aussi la pression chez ses copines. Dersime semblait être sereine, arrivait-elle à cacher sa peur avec son humour ? Les deux sœurs, c'était plus dur, Azin était un peu tendue, *on est dans le bain, c'est la guerre*. Il pouvait y avoir jusqu'à mille militaires sur cette base et autant en face, chez les méchants, et elle n'était plus dans le cocon du 2e Bataillon. Rojda avait peur pour sa sœur qui avait peur de l'inconnu. Sivan restait égale à elle-même, juste en attente de montrer ce qu'elle savait faire avec un fusil pointé sur un de ses démons. Diyana était toujours avec le groupe.

Quelques jours après l'attentat au bataillon, elle était allée voir la colonelle pour lui dire qu'elle n'était pas prête pour être chef, surtout avec une personne plus charismatique sous ses ordres. Elle dit à l'officière qu'elle désirait rester dans cette équipe pour continuer à apprendre avec une personne pleine de capacité et de volonté. La colonelle avait convoqué les cinq Kurdes pour leur demander si elles acceptaient pour chef de groupe une expatriée. En tant que plus ancienne, Sivan avait pris la parole pour dire qu'elles avaient entièrement confiance en la Française et qu'elles acceptaient. La colonelle avait été même surprise de l'amélioration de la Kurde, si dévastée lorsqu'elle avait débarqué dans le camp. Elle n'avait pas voulu convoquer Jenny, elle avait fait savoir sa nouvelle fonction à la Française par une de ses lieutenantes.

Les filles passèrent au mess, plus de service à effectuer. En effet, le boulot était effectué le matin et le soir par une équipe en place. Quelques filles y travaillaient, il y en avait aussi au service médical. Azin et Rojda retrouvèrent des copines du bataillon. Elles étaient dans le transport. Certaines satisfaites, d'autres disant que c'était super, elles pourraient postuler pour le combat.

Le major masculin amena les filles jusqu'au bâtiment logistique et présenta leur future mission. Quelques camions et six voitures étaient présents. D'après un responsable, une mission de ravitaillement sur les deux n'était pas encore rentrée. *Le passage à six sur deux jours va faire du bien à tout le monde*, disait le responsable de la logistique, un capitaine débonnaire. Il devait faire au bas mot dans les cent vingt kilos. Pas à prendre à la légère. Il ajouta que ce n'était pas la première fois qu'il travaillait avec des femmes, cela s'était bien passé. Il ne voyait pas de raison que cela change. Il donna rendez-vous aux cinq groupes le lendemain matin à 6 h 00 tapante.

Les militaires masculins jetaient des regards sur les soldates. Évidemment, ils restaient des hommes, mais pas de blagues graveleuses ou autres méchancetés. Jenny était assez impressionnée de la banalité de voir du personnel féminin sur une base dans un pays du Moyen-Orient en guerre. Les filles se doutaient que les militaires de la base étaient au courant pour Jenny et sa nationalité française. Ils voulaient tous voir la frenchie, mais Jenny était brune, la même taille que la majorité des jeunes femmes, dans la même tenue. Si elle ne parlait pas, son accent aurait pu la trahir, elle était noyée dans le groupe. Les filles étaient hilares de voir les mecs, se décrocher le cou pour essayer de voir, qui c'est, une grande blonde, ou peut-être un sosie de Sophie Marceau.

Le soir, après avoir mangé, elles se réunirent au foyer. Des tablées s'étaient formées, retrouvant d'anciennes et créant de nouvelles connaissances. Les discussions allaient bon train. Jenny retrouva cette bonne ambiance qu'elle avait vue en Afghanistan, un peu en opposition avec la guerre à trente kilomètres de là. Cet antagonisme est sans doute bénéfique, sinon naturel quand on sait que demain, on va peut-être perdre la vie ou un ami cher. La Française avait vu le bâtiment où les militaires pouvaient faire du sport, il lui faudrait trouver un lieu tranquille pour se ressourcer, elle irait avec Sivan sans doute.

Plus tard, elles étaient toutes les deux à discuter dans leur chambre, les sœurs et Dersime étaient restées au foyer, quand Jenny sentit une sorte de danger : Une absence soudaine de bruit dans le couloir, la tête fuyante de Sivan. D'un seul coup, la porte s'ouvrit en éclat, Sivan s'échappa, une dizaine de filles sautèrent sur la Française et l'immobilisèrent. L'une s'était assise sur sa tête, quatre lui tenaient les bras et les jambes. Jenny cria pour se dégager, elle engueula Dersime qu'elle reconnut derrière. Jenny était pieds nus avec un pantalon léger qu'elle s'était acheté à Sulaymaniyah, elle réussit à placer un coup de pied sur un thorax, elle entendit un cri, elles étaient quatre maintenant à lui tenir les deux jambes serrées. La forte Zeino distribuait les ordres pour bloquer la Française. Hormis des cris et des rires, elles n'avaient encore rien dit à Jenny quand Ajda, une autre des meneuses s'égosilla :

- C'est ta première nuit sur une base au Kurdistan, la frenchie, il faut fêter ça. Nous avons peur que tu nous prennes tous les mecs de la base, on va te raser la chatte, ma petite. Quand tu auras un sexe de petite fille imberbe, on ne risquera plus rien.
- Tenez-la bien, dit Zeino en descendant son pantalon léger qui craqua un peu.

La culotte suivit jusqu'au bas du pubis, à l'orée du sexe invisible. Les jambes de la Française étant serrées, les Kurdes ne pouvaient voir que le triangle pileux. Jenny, se démenant, arriva à compter jusqu'à huit femmes qui la tenaient, une assise sur sa tête, une autre allongée sur son thorax, une pour chaque bras et quatre sur ses jambes.

172

- Lâchez-moi, bande de salopes, cria la Française quand elle entendit une tondeuse électrique se mettre en marche.
- Allez, va, te bile pas, ça repoussera. On fait ça pour te souhaiter la bienvenue, persifla Ajda. Demain, tu pourras te venger sur les djihadistes.

Jenny sentit le froid de la tondeuse sur son ventre. Très vite, en six passages, la toison avait disparu. Elles disparurent subitement en rigolant du bizutage. Il restait Rojda et sa sœur Azin. Elles étaient dans cet état commun aux enfants où elles avaient encore envie de rire et la honte d'avoir commis une bêtise qui leur venait doucement. Jenny remonta son pantalon, elle était furax, vexée comme elle ne l'avait jamais été. Avec son caractère fort, elle avait toujours été maîtresse de ses actes. Là, ce n'est pas qu'elle était choquée, elle avait plutôt l'impression que sa fierté en avait pris un coup. Dersime rentra dans la chambre, elle était encore sous le coup de la blague et le sourire aux lèvres. Jenny se leva et lui cria dessus :

- Tu faisais partie de ces salopes, Dersime !
- Oui Jenny, j'étais avec elles, répondit-elle en criant aussi. Tu es la star ici, on remet les pendules à l'heure, c'est tout. Tu es vexée, je peux le comprendre. Nous t'acceptons, mais il faut nous comprendre, nous avons notre fierté.
- Vous me détestez, toutes ?
- Non, cria Azin, on t'aime !
- Mais non, tu ne comprends rien, nous t'aimons. Nous sommes heureuses de t'avoir avec nous, mais en même temps, tu accapares tout. Nous avons fait ça pour rétablir l'équilibre, pour te faire descendre de ton piédestal. Tu es belle, française, riche, sans doute la plus forte d'entre nous, que ce soit avec une arme et avec ton corps.
- C'est de la jalousie, alors. Vous êtes jalouses de ma vie ? Et puis je ne suis pas la plus belle, ni certainement la plus riche.

- Oui, peut-être, je n'en sais rien.
- Nous débarquons sur cette base, se mit à parler Rojda, nous avons peur de ce qui va arriver, nous sommes excitées d'être enfin sur une des plus grandes bases kurdes, où nous sommes accueillies pour combattre. Nous devrions être les plus fières et ta présence fausse la donne. Il me semble qu'avec ce que nous avons fait, nous partirons toutes égales au combat demain matin.
- Oh Jenny ! Azin se jeta dans les bras de la Française en se mettant à pleurer. Excuse-nous !
- Ne t'inquiète pas, Azin, répondit Jenny en enlaçant la jeune kurde en pleurs, mon amour-propre a pris une bonne claque, mais il va repousser.
- Il va te gratter un peu, sortit Dersime avec sa joie coutumière.
- Venez, vous aussi toutes les deux, que je vous embrasse.

Les deux filles s'approchèrent de Jenny, Rojda fit une accolade à Jenny, Dersime alla pour se baisser, la Française lui lança une claque bien sonore sur ses fesses.

- Ça va mieux, cela m'a fait du bien de fesser ton gros cul, Dersime.
- Tu es vraiment une salope, tu m'as fait mal. Pour me venger, je prendrai des nouvelles de ton minou de petite fille tous les jours.

Les quatre jeunes femmes se mirent à rigoler, Jenny apprit que Sivan ne voulait pas voir cela. Même pour rire, sauter sur une femme lui remémorait des choses traumatisantes. Jenny leur dit qu'elle réservait un chien de sa chienne aux meneuses, Ajda et Zeino.

Le lendemain matin, elles étaient toutes au bâtiment logistique. Une lieutenante, les chefs de groupe et une adjointe suivirent le planificateur tandis que les autres filles étaient avec un major, le chef de l'entretien des véhicules. Elles devaient s'entraîner à changer une roue crevée sur les camions et sur les véhicules légers, faire une réparation de fortune pour pouvoir rentrer, vérifier l'état du véhicule avant chaque mission.

Du côté de Jenny, accompagnée de Diyana, les soldats assistèrent à un briefing présentant la défense de la ville. La ligne de front contrôlée par la garnison de Kirkouk mesurait dans les quatre-vingts kilomètres. Elle contournait la ville de Hawija, aux mains de Daech, pour rejoindre la protection d'Erbil vers le nord, le long du tigre. Vers le sud, la jonction se faisait avec les forces irakiennes. Sur tout le tronçon, étaient disséminés les douze postes avancés.

Le chef de cette position avait pour obligation de faire participer les combattantes sur la ligne de front pour apprécier leur courage, leur maîtrise et leur savoir-faire. Pour cette première mission, chaque groupe était accompagné d'un gars déjà habitué à cette mission. Jenny et son équipe se virent affecter le poste 7, près du village de Khadir au nord de Hawija, le poste 8, près de la rivière Wadi Feddah, dans la province de Makhmur, et le soldat Ako. Le jeune militaire était habillé avec un tee-shirt vert, un léger gilet sans manche de la même couleur et le même pantalon que les femmes. Des cheveux très noirs avec des mèches rebelles, des yeux noirs et profonds sur les sourcils épais et un menton avancé, un peu arrondi lui donnaient un air sympathique. Une beauté ! Il serra la main aux deux filles qui se présentèrent. *Ah, c'est toi la Française ?* dit-il avec un sourire enjôleur à Jenny.

Le groupe se retrouva ensemble aux hangars, Jenny présenta Ako aux filles, elles étaient emballées. Jenny entendit Dersime dire à Rojda, *on a le plus mignon.* Azin fut à la limite de rougir quand elle toucha sa main, Ako semblait aussi saisi par sa belle jeunesse. Jenny et Diyana firent un compte-rendu sur ce qui s'était dit au briefing. Puis l'équipe fit le tour des véhicules, les quatre femmes étaient en train d'installer un cric hydraulique et des chandelles pour dépanner un camion. Elles s'étaient entraînées au 2e Bataillon, s'étaient déjà familiarisées avec les entretiens mécaniques d'urgence comme boucher un trou de balle dans le réservoir d'essence ou d'eau, par exemple. Ako participait avec les jeunes femmes.

Ils passèrent ensuite au véhicule léger de protection. Les filles connaissaient la mitrailleuse fixée sur la plate-forme. Trois tireuses, désignées par groupe, sortirent de la base pour tirer quelques rafales en roulant. La base était située à l'ouest de Kirkouk intercalée entre le front et la ville. Une route directement vers le sud permettait de s'approcher d'une crête et d'en faire une cible. Diyana s'était portée volontaire, Dersime et Rojda l'avaient suivie.

Le planificateur avait donné à Jenny la liste du ravitaillement à charger dans le camion, avec leur destination. Les filles chargèrent les camions. Il fallut vérifier les armes, récupérer des munitions pour les kalachnikovs, pour la mitrailleuse et quelques grenades.

Le groupe allait passer la soirée avec Ako, il racontait son parcours. Il faisait les rotations depuis trois mois qu'il était sorti de sa base de formation à Erbil. Il disait qu'il n'y avait pas souvent de danger dans ces rotations. Malgré tout, récemment, il y avait eu deux accrochages avec des ennemis infiltrés, une première où les attaquants de Daech s'étaient enfuis. La deuxième par contre, avait entraîné des victimes des deux côtés. Un fuyard et deux morts du côté des djihadistes et deux blessés chez les Kurdes, l'un grièvement, il ne marcherait plus. Sur la ligne de front, les 3 postes avancés au niveau de Kirkouk étaient très actifs, souvent pilonnés. Au nord et au sud, à l'inverse, le temps était long, il ne se passait pas grand-chose. Des coups de feu sporadiques, de temps en temps. Ceux qui faisaient mal, c'était les tireurs d'élites avec leurs lunettes de visée. Les soldats répliquaient avec leur AK47, mais la précision n'était pas suffisante. *Nos tireurs d'élite sont bons et répliquent en les explosant*, racontait Ako.

- Il y a beaucoup de gens à contrôler, Ako ? demanda Azin en baissant la voix légèrement quand elle cita le nom du soldat.
- Il y en a pas mal, on les connaît, ce sont des paysans qui vont à leur terre, ils ont des papiers comme tu as vu cet après-midi, Azin, dit-il, plongé dans ses yeux.
- Il y a beaucoup de terres cultivables, demanda Jenny.
- Oui, derrière cette crête, sur une zone de cinquante kilomètres c'est le grenier à blé de la région, ces enfoirés nous ont pris la ville de Hawija, elle est au milieu de champs de céréales.
- Et des tireurs d'élite, sur chaque poste avancé, il y en a beaucoup ? demanda Sivan de sa voix posée.
- Trois ou quatre, Madame. L'air grave de la Kurde amochée intimidait Ako.
- Appelle-moi Sivan.
- Tu habites à Erbil ? demanda Azin
- Oui mes parents sont paysans là-bas, j'ai fait des études d'agroalimentaires, je veux protéger mon pays avant de trouver un travail, et toi, Azin… Enfin, vous toutes ?

Ako se mit à rougir, Dersime rigolait en silence. Rojda ne savait si elle devait sourire de cet amour naissant ou si le moment et l'endroit étaient bien choisis. Jenny trouvait cela touchant, mais elle était agacée de ne pas avoir plus d'informations sur ces positions avancées.

- Avec ma sœur Rojda, on habite aussi Erbil, révéla Azin malicieusement. Maman est institutrice, tu as quel âge, tu l'as peut-être eu ?
- Il y a des tanks sur les postes avancés ou ils sont tous là, sur la base ? intervint la Française en empêchant le soldat kurde de répondre.
- Mais on s'en fout, Jenny, on aura tout le temps de voir ça demain, se fâcha Azin.

- Bon ! Allez, je vous laisse, je vous souhaite bonne nuit, je vais me coucher, il faut être en forme demain.

Jenny se leva, suivie de Sivan, une heure de relaxation ferait le plus de bien.

- La petite fille va se coucher, balança avec ironie Dersime.
- Oui ! Et pas de mauvaise blague ce soir, ou j'en prends une pour casser l'autre ! C'est OK !

Jenny avait crié en peu fort, un peu agacée, quelques tablées se retournèrent, quelques rires fusèrent. La Française rougit, il faudrait quelques jours de méditation, pour retrouver une paix intérieure, rechercher l'interdépendance de sa conscience et de son énergie pour effacer la honte de la veille et maîtriser ses émotions. Elle sentait le regard noir de colère de son maître à des milliers de kilomètres.

- Vous la considérez comme une chef ou elle est juste dans le groupe ? demanda Ako.
- C'est un peu particulier, notre chef officiel, c'est Diyana. Comme les autres chefs, elle a fait plusieurs campagnes sur le front, et Jenny n'a que quelques mois de présence avec nous, mais elle est forte, dans tous les sens du terme, et je pense que Diyana a du mal à s'imposer en sa présence.
- Elle est sympa ?
- Oui, on l'aime beaucoup, elle nous a sauvées à Sulaymaniyah.
- C'est vrai qu'elle a déserté l'armée française pour venir combattre avec nous, pourquoi elle a fait ça ?
- Eh ! On parle d'autres choses, elle est partie se coucher. Nous aussi, on est là ! se mit en colère Azin.

Dersime et Rojda se mirent à rigoler devant la jalousie évidente d'Azin. Elles allèrent se coucher un peu plus tard pour être prêtes le lendemain.

178

Départ à 5 h 50, le soleil était levé depuis une heure. Après un naan aux poireaux, du riz et du thé bien chaud, les différents convois se mirent en route. Les soldats étaient équipés de leur AK47 avec trois chargeurs. La mitrailleuse, sur le Humvee, était mise en œuvre. Ce véhicule était doté de 3 places assises et une plate-forme de tir. La 12,7mm fut armée par Dersime qui commençait à ce poste, elle se positionna debout à surveiller l'horizon. Elle allait permuter avec Diyana et Rojda qui étaient dans le camion avec le matériel. Ako se mit au volant du véhicule tout-terrain avec Jenny.

Celle-ci demanda à Azin de conduire le camion, avec Sivan à ses côtés. Elle avait fait un peu la gueule de ne pas être avec le jeune Kurde, mais la Française voulait de la concentration. Elle avait en tête le parcours, mais Ako connaissait la route.

Le parcours du groupe de la Française débuta par une route rapide qui contournait une crête. Les deux véhicules fonçaient vers le petit Zab, la rivière qui se jette dans le Tigre jusqu'à la petite ville de Mullah Abdullah. Ces deux cours d'eau donnaient la terre irriguée et fertile de cette région. La route était contrôlée par la police.

Arrivés à Mullah Abdullah, les deux véhicules bifurquèrent vers la gauche et s'engagèrent dans une petite route en terre battue. Il y avait vingt kilomètres à faire jusqu'au poste avancé 8. Il fallait traverser le petit Zab, il n'y avait pratiquement personne sur cette route, seuls quelques paysans en carriole tirée par un âne, ou dans une vieille camionnette. Ako faisait arrêter chaque fois le convoi, il connaissait les travailleurs de la terre, mais il fallait vérifier leur véhicule. Les procédures étaient toujours les mêmes, une approche de deux soldats tandis que les autres se mettaient en appui en retrait. Un militaire dialoguait et demandait des papiers tandis que le deuxième recherchait une présence éventuelle d'explosifs ou d'armes. Le groupe de Jenny fit connaissance avec ces braves hommes qui souriaient amicalement quand ils voyaient les femmes guerrières.

179

L'arrivée au poste 8 se fit sans anicroche. Les filles furent accueillies en entendant une rafale de kalachnikov assez lointaine, elles virent des tentes basses alignées, un pick-up blanc était garé au bord d'une maison transformé en quartier général. Des antennes dépassaient de la toiture. L'installation temporaire qui durait laissa penser à Jenny que les lignes ne bougeaient pas trop. Ako raconta que lorsque les forces de Daech tentaient de faire une percée avec leur armement lourd comme leurs tanks et leurs canons ravis aux Irakiens, les coalisés, avec des F18 et des Rafales, alertés par les images satellites et les drones, faisaient avorter la tentative de pénétration.

Les US protégeaient le pétrole de Kirkouk et c'était tout. Les forces kurdes n'avaient pas les moyens de reprendre Hawija. Deux tentatives d'ampleur avaient échoué, faute d'appui aérien. C'était une impasse.

Jenny vit s'approcher un capitaine, il était au courant du sexe des combattants qui débarquaient dans sa position. Il était surtout content de recevoir de la nourriture et de l'eau. Jenny se présenta en serrant la main. En général, un homme kurde non occidentalisé ne serre pas la main d'une femme si celle-ci ne la présente pas.

- Bienvenue à vous toutes, bonjour Ako. Vous êtes la Française ? demandait-il en se retournant vers Jenny.
- Oui, Vous n'avez pas de blessés.
- Non, c'est calme, vous avez dû entendre les premières salves de ce matin. Cet imbécile de djihadiste a dû faire tomber sa kalache.
- On décharge ?
- J'ai fait demander deux gars pour vous aider et pour vous guider. Ils vous amèneront ensuite pour venir boire un thé.
- On pourra s'approcher du front ensuite.

- Oui, je vous présenterai à quelques gars, nous sommes environ deux cents dispersés, il y en a qui dorment, ils ont fait la nuit.
- À tout à l'heure.

Le groupe vit arriver deux soldats qui leur indiquèrent où stocker la nourriture et les munitions. Une tente faisait office de cantine tandis que les munitions étaient stockées dans la maison. Les filles et Ako prirent plus tard un thé avec le chef du poste. Celui-ci les conduisit vers une première butte se trouvant derrière le QG. Il y avait un passage, mais le capitaine leur dit que cela pouvait être dangereux. Il fallait courir sur trois mètres avant de redescendre sur une espèce de tranchée bordée tout le long de pneus et de boudins de sables, équipée de petites ouvertures faisant office de meurtrières.

- Voilà, la responsabilité de ce poste s'étend sur cinq kilomètres. En gros tous les deux cents à cinq cents mètres en fonction de la topologie des lieus, j'ai un binôme en surveillance, plus trois tireurs d'élite qui se mettent où ils le sentent le mieux.
- Comme armement, vous avez quoi ? demanda Jenny.
- Tous ont évidemment des AK47 et quelques mitrailleuses, les tireurs d'élite ont pour la plupart un SVD Dragunov.
- Nous revenons dans deux jours, vous nous trouvez des points bien au froid, dans l'eau boueuse.
- Je ne trouverai pas en cette saison, il faudra revenir en hiver, répondit en riant l'officier.
- Elle est où la rivière Wadi Feddah ?
- Derrière, chez nos ennemis. Ils la polluent !
- Allez, en route, ils nous attendent à Khadir.

Les filles accompagnées du soldat Ako reprirent la route vers le village de Khadir. Plus de contrôle au milieu de ces champs laissés à l'abandon. Les militaires pouvaient voir des fleurs de tournesols sèches ou encore des épis sauvages dispersés dans les prés. Seuls le vent et les abeilles étaient responsables de ces ensemencements.

La chaleur commençait à assommer, il était 11 h 00 quand ils arrivèrent au poste 7. Après trois virages en zigzag, apparut une maison avec un véhicule tout-terrain garé devant. À gauche, vers l'est, une dizaine de maisons laissait penser au village abandonné de Khadir. À droite, les buttes de protection contre la ligne de feu. Pas de coup de fusil pour accueillir les soldats. Par contre, deux personnes avaient sans doute entendu les véhicules et sortaient de la maison. Le premier de grande taille avec un uniforme réglementaire ressemblait à un officier tandis que la deuxième silhouette fit tilt à tout le monde : Keyna en pantalon en toile foncé, une veste en cuir et les cheveux cachés d'un foulard sombre. Elle tenait son fusil de précision SVD Dragunov, des munitions fixées sur une ceinture en cuir noir. Une fois les véhicules stoppés et les occupants sortis :

- Alors les filles, on s'est perdus ?
- Salut Keyna, répond Dersime en souriant, sans rancune aucune.
- Bienvenue au front, je savais votre venue, je vous ai préparé un petit coin sympa. Je vous présente le capitaine Djoudi, il commande ici. Nous sommes contents de vous voir, on avait besoin d'eau.
- On va décharger, dit Jenny un peu embarrassée comme les deux sœurs.

Keyna, malgré l'amélioration des rapports entre elle et Jenny, était partie un mois avant du 2e Bataillon sans laisser un mot, ni aucun message.

- Jenny, attend !

Keyna avait interpellé la Française tandis que les jeunes femmes commençaient à s'approcher du camion.

- Oui !

- Écoute, Jenny, on est dans le même bain ici et je suis contente de vous voir. Je suis désolé pour ce qui s'est passé à Sulaymaniyah. Tu ne le sais peut-être pas, mais quand tu as tué la terroriste, là-bas, tu as sans doute sauvé ma petite sœur, elle fait partie du troisième groupe.
- J'ai fait ce que j'avais à faire.
- Tu as sauvé une autre personne que tu connais bien, quelqu'un qui m'est proche, quelqu'un qui comme moi ne sait si on doit t'aimer ou te détester, te dire merci ou t'en vouloir de notre infériorité ou de je ne sais quoi, tu comprends ?
- La colonelle !
- Oui, c'est ma mère, je préfère garder le secret, mais je te suis redevable maintenant. Mehabad est le nom de mon père.
- Laisse tomber ! Et je ne suis pas supérieure à vous, ce n'est pas du jiu-jitsu seulement qui fabrique une personne et son mérite.
- Non, c'est plus important que cela, c'est plus en rapport avec la supériorité de l'occident face à nos pays archaïques, le piédestal sur lequel on met la France. Notre fierté est mise à mal de devoir demander de l'aide.
- Demande aux filles comment elles ont fait pour gérer, tu vas rigoler.
- Ce que je voulais te dire, c'est que nous ne serons peut-être pas copines, mais je n'ai plus de haine envers toi.
- Merci Keyna, j'en suis heureuse, tu m'avais fait tellement de bien quand on s'était rencontrées. Allez, on va décharger. Et ici, comment se passe la guerre ?
- Je pense que la chaleur nous accable tous, eux comme nous, c'est tranquille. On ira boire un thé tout à l'heure, j'ai soif, nous étions en restriction d'eau.

- Tu t'occuperas de Sivan, elle a des capacités, en plus de ses motivations.

Après avoir déchargé, les filles découvrirent une galerie creusée au sol, des passages plongeant dans la butte pour y accéder. Jenny avait l'impression de voir une reconstitution des tranchées de la Première Guerre mondiale. Le poste 7 se composait d'une seule tranchée rectiligne connectée par des petites aires dégagées telle une corde à nœuds qui serpentaient avec d'un côté, les sacs de sable et des meurtrières, et de l'autre côté, la butte permettant de protéger le camp.

Keyna prit Sivan sous son aile, celle-ci fit un clin d'œil à Jenny pour la remercier, tandis que les autres se positionnaient en duo avec un chef expérimenté sur les meurtrières. Elles découvraient au premier plan le no man's land, à travers des réseaux barbelés sur plusieurs mètres et à une centaine de mètres, une autre barrière composée des mêmes boudins de sables.

En regardant bien avec des jumelles, on pouvait voir de temps en temps un mouvement furtif, une tête passer entre deux boudins ou à travers une meurtrière, il aurait fallu être très rapide pour viser et tirer pour espérer toucher quelqu'un. Les soldats en place expliquaient que les échanges nourris commençaient surtout quand un tireur d'élite déclenchait son tir, des répliques fusaient et des dégâts pouvaient survenir avec les balles perdues. Il fallait alors se protéger, mais aussi profiter que les ennemis se découvrissent pour tenter de les abattre.

Une fois bien expliqué toutes ces règles du jeu, si on pouvait les appeler ainsi, consigne fut donnée de provoquer un échange de tirs. Keyna, qui s'était éloignée, reçut cet ordre et mit en joue un point qu'elle s'était fixé. Une des premières qualités d'un tireur d'élite étant la patience, elle allait attendre jusqu'à voir apparaître une éventuelle cible, Sivan était à ses côtés avec une lunette de fusil pour observer.

La ligne de responsabilité de cette position avancée faisait environ 15 kilomètres. Si on s'éloignait du camp, la butte disparaissait et seule la tranchée permettait d'accéder à d'autres points de tir. Le pick-up était utilisé pour approvisionner des sous-postes équipés de lignes téléphoniques. La tâche la plus dangereuse était de se déplacer pour amener de l'eau, la nourriture ou des munitions dans les tranchées. Pire encore était de se déplacer avec un blessé, une brouette était utilisée. Le fond de la tranchée n'étant pas uniforme, le voyage pouvait être éprouvant pour un militaire touché. Il fallait aussi bouger régulièrement et ne pas faire de bruit. Si en face, ils pouvaient estimer un endroit où se trouvait un attroupement de soldats, ils pouvaient tenter de tirer au mortier. Ils ne pouvaient, au contraire consommer des obus pour un gain de victimes très faible. La ligne de front était tellement longue que des tirs sporadiques étaient stériles.

Un adjudant expérimenté, dans un vieux treillis élimé, une moustache bien taillée, les cheveux très courts et drus expliquait à voix basse ces consignes à Jenny et Azin quand, tout à coup, un coup de fusil éclata à leur droite. C'était parti de Keyna, le bruit du Dragunov était reconnaissable avec ses balles de 7,65mm. Des cris s'élevèrent chez les djihadistes, il était impossible de savoir si Keyna avait touché quelqu'un. Seule elle, de ce côté du no man's land du moins, pouvait éventuellement le savoir. Les islamistes répliquèrent immédiatement et bougèrent beaucoup, c'était le moment de tirer dans les meurtrières, mais la précision n'était pas idéale à cette distance. Il fallait jouer avec la chance, une balle perdue était un danger aussi pour les ennemis.

Jenny retrouvait l'adrénaline qu'elle avait sentie en Afghanistan. L'efficacité de l'engagement était moindre, voire inefficace, mais le danger était là, Jenny sentit une balle exploser à deux ou trois mètres d'elle. Elle vit passer Keyna et Sivan qui avaient quitté leur poste de tir, celui-ci était devenu une cible pour un éventuel tireur muni d'une lunette de l'autre côté. L'échange de tirs allait se tasser de lui-même faute de résultat tangible. Keyna dit qu'elle l'avait raté, les yeux de Sivan étaient allumés comme en transe. Elle avait souvent tiré avec

185

cette arme au 2e Bataillon mais dans cette tranchée, il lui tardait de viser une cible mouvante.

L'après-midi finit avec des tirs par deux fois au sud, vers Hawija. Le chef du poste était en liaison avec ses soldats en place. Après chaque tir, il attendait avec crainte un appel sur le vieux téléphone posé sur une planche à hauteur du QG. Un appel voudrait dire blessé ou pire. Jenny apprécia la sympathie et le bon accueil des hommes en place, contents d'avoir de l'eau, aussi.

Vers 17 heures, il fut temps de partir pour arriver avant la nuit. Le groupe de Jenny aurait certainement des contrôles d'identité avant de revenir à Kirkouk.

Le retour s'effectua sans encombre. Les filles étaient toutes excitées. Jenny et Diyana allèrent rendre compte à leur capitaine qui attendait le retour des militaires avec impatience. Elle devait téléphoner à la colonelle, il restait un groupe à rentrer, et aucune blessée n'était à déplorer.

Les journées allaient devenir un train-train ennuyeux. Une journée de préparation de la mission, où régulièrement, quelques-unes renforçaient des rondes en véhicules d'intervention autour de la ville. La deuxième journée où les filles allaient approvisionner et goûter au front. Sivan était contente d'aller passer la journée avec Keyna, celle-ci lui avait laissé le fusil pendant deux heures, elle n'eut pas l'occasion de s'en servir, elle était dépitée.

Dans le poste 8, les tireurs d'élite n'avaient pas voulu la prendre sous son aile. Ils préféraient s'isoler, disaient-ils.

Un jour, Jenny et ses copines étaient arrivées depuis 1 heure sur cette position avancée, en face de la rivière Wadi Feddah, quand tout le monde fut surpris d'entendre un coup de feu, suivi d'un cri de douleur. Sivan, avec sa lunette de visée, dit à Jenny que cela venait des protections de sable devant un arbre desséché vers la droite. Jenny répliqua instinctivement dans cette direction. C'était stérile, mais c'était

186

le job. Le capitaine débarqua et informa Jenny qu'il fallait partir. Le tireur était blessé à la main, elle avait été bien amochée, un garrot lui avait été fait. Les communications étaient impossibles à cause d'une coupure électrique, il fallait conduire le blessé à la base.

- Et je n'ai plus que 2 tireurs d'élite, bon sang ! Quand c'est que j'en aurai un autre, râla le capitaine.
- J'en ai une, moi, je vous la laisse ! La Française sauta sur l'occasion tandis qu'elle sentait Sivan à ses côtés qui trépignait. Jenny la regarda et la Kurde lui fit un signe d'assentiment.
- Je ne sais pas si j'ai le droit, il n'y a pas de communication, dit l'officier.
- Vous n'avez pas le choix, elle est performante. Elle a été formée par le soldat Mehabad, tireur d'élite dans le groupe 7.
- Bon, c'est bon, vous avez raison. Bon sang, où je la fais dormir cette nuit ?
- Je vous laisse une autre soldate avec. À deux, elles seront plus à l'aise.
- Je reste avec Sivan, annonça Diyana, arrivant aux nouvelles.
- Je vais les mettre dans la maison, j'ai une pièce libre.
- Nous, il faut y aller, je vais chercher les filles et on part. Ça ira, Sivan ?
- Oui, Jenny, tu peux me faire confiance.
- Tu fais attention, hein, pas de conneries, si tu en touches un, tu ne cours pas partout dans le no man's land en criant à tue-tête.

Elle fit un léger sourire et s'en alla chercher une arme. Diyana la suivit. Jenny laissait Dersime avec le blessé installé sur des couvertures dans le camion, la Française faisait confiance à sa bonhomie pour soutenir la victime. Le capitaine affecta 2 soldats à l'équipe de ravitaillement pour participer à leur défense.

Proche de la base, les téléphones s'activant au réseau, Jenny prévint l'infirmerie de leur arrivée, ainsi que la capitaine pour rendre compte. Le colonel de la base était en colère, sans doute parce qu'il avait été mis devant le fait accompli, il ne pouvait revenir en arrière et ne pouvait aller contre l'évidence.

Le lendemain matin, Jenny eut des nouvelles, Sivan n'avait pas eu à se servir de son arme, mais tout allait bien. Diyana informa la Française que la Kurde était sereine derrière son fusil, et qu'elle ne prenait pas de risques inconsidérés.

Lorsque le groupe revint au poste 8 à la mission suivante, Jenny vit le capitaine arriver en courant vers leurs véhicules, la Française s'inquiéta de ce qui avait pu arriver, mais le capitaine ne semblait pas trop alarmé.

-   Hey, la frenchie, merci ! Votre fille, elle est au top, je la garde. Je crois qu'elle en a buté un.

Le groupe s'empressa d'aller voir les filles, c'était Diyana la plus excitée, elle n'arrêtait pas de parler et de raconter l'exploit de Sivan. La tireuse d'élite, d'un ton grave souffla à Jenny que celui-là était pour son fils Samal.

Les allers-retours allaient continuer, les soirées aussi. La bonne ambiance des lignes arrière faisait face à la pression des journées sous les balles des djihadistes.

Un soir, au foyer près de la cantine, quelques tables étaient pleines, les jeunes femmes étaient isolées au fond de la salle. Le service de restauration était fini. La discussion dérivait un peu, quelques blagues salaces de filles et Dersime arriva avec un bol de litchis épluchés.

-   Regardez, ce sont des fruits, des litchis, on n'en trouve pas ici ? Tu connais, Jenny ?
-   Oui, j'en ai déjà mangé.

188

Jenny en goba un et, le bout de sa langue dans le creux du fruit, pouffa de rire et faillit recracher le fruit.

- Qu'est ce qui t'arrive, Jenny, tu l'as avalé de travers ?
- Non, c'est rien, je pense à mes soirées à l'école militaire en France.
- Raconte-nous, intima Azin.
- Non je ne peux pas, c'est trop hard. Les mecs racontaient des conneries, je pense que ma présence les y incitait, c'était à celui qui racontait la plus grosse connerie.
- C'est pour ça qu'on veut tout savoir, Jenny, si tu nous racontes pas, on te connaît plus.
- C'est rapport avec le litchi ?
- Oui, putain, j'ai honte, les gars me testaient, ces cons.
- Allez, accouche ! Pressa Dersime.
- Un jour, alors qu'on mangeait ces fruits, Hugo, un gars de ma promo mit un litchi dans sa bouche, entre ses lèvres, mit sa langue dans le trou formé par le fruit libéré de son noyau, tandis que son collègue me dit : regarde, Jenny, il fait une feuille de rose. Et ils éclatèrent de rire. Je ne savais pas ce que voulait dire cette expression. Ils se moquaient de moi, mais, avant d'être choquée ou vexée, je voulais qu'ils m'expliquent, même si je me doutais que c'était chaud.
- Feuille de rose.

Répétés littéralement en kurde par Azin avec sa petite voix, ces petits mots donnèrent envie de rigoler à Jenny.

- Et ça veut dire quoi, Jenny, s'impatientait Dersime.
- En fait c'est…une caresse sexuelle, avec la langue sur un orifice commun aux filles et aux mecs, raconta Jenny en rougissant.

- Pouah, c'est dégueulasse. Comment peut-on faire cela ? grommela Dersime après un temps de réflexion pour bien visualiser l'image.
- Il faut être propre, évidemment. Je ne sais pas dans quelle mesure c'est une pratique courante en Europe, mais ça existe, expliqua Jenny en souriant de la tête ébahie de ses copines.
- Tu as déjà fait ça à un mec, Jenny ?
- Non, je ne pourrai pas ! répondit la Française, offusquée.
- Alors, un mec te l'a fait, j'en suis sûre, murmura Rojda avec sa perspicacité habituelle.
- Mon copain, Michaël, je vous en ai déjà parlé. Oui, un jour.

Jenny balbutiait ces mots, rougissait de plus belle tellement la situation lui échappait.

- Et c'était agréable ?
- Euh, c'est pas mal, mais c'est gênant et en plus, je ne voulais pas qu'il s'éternise.
- Pourquoi ?

Les filles voulaient tout savoir, Jenny se demandait dans quoi elle s'était fourrée.

- Je me doutais de ce qu'il avait en tête.
- Qu'est-ce qu'il voulait ? interrogea Azin.

La futée Rojda pointa son index de la main droite dans le creux formé de sa main gauche fermée en poing. Dersime comprit tout de suite.

- Drôles de mœurs, quand même, dit-elle en rigolant de bon cœur.
- Ouah, mais c'est horrible, cela doit faire mal.
- Moi, pour ma part, je n'ai jamais voulu. Jenny essayait de se refaire une vertu.

190

- Mais on n'a pas de plaisir à se faire …, demanda la très curieuse Azin.
- Non, c'est sûr. Les mecs, paraît-il qu'ils ont une glande interne et qu'ils y prennent du plaisir.
- En fait c'est tous des homos, les mecs. C'était déjà comme ça dans l'antiquité, les athlètes de la Grèce antique étaient à poil et le vainqueur disposait des autres. C'est comme les bonobos !
- Jenny, comment on dit *les mecs, c'est tous des PD, même Papa* demanda Azin, hilare.

La Française lui épela les mots, les fit répéter à la Kurde, puis Azin se leva et chanta à tue-tête dans cette salle où il y avait une petite dizaine de soldats : *Les mecs, c'est tous des PD, même Papa*. Azin et Dersime étaient pliées de rire.

- Arrête, Azin, tu es complètement folle, s'il y en a un qui comprend. Jenny, apprends-lui une autre chanson, peut-être, mais pas ça ! intervint sa grande sœur.
- Tu as peut-être raison, avoua Azin en se rasseyant. Jenny, je veux une chanson pour le front. Qu'ils sachent en face que ce sont les filles de la frenchie qui vont leur faire la peau. Paraît-il qu'il y a plein de français chez eux. Nous aussi, on a la nôtre.
- Tiens, je crois avoir autre chose, dit la Française après avoir réfléchi un peu. Tu vas apprendre ceci :

Le poète a toujours raison
La femme est l'avenir de l'homme

Et Jenny leur chanta les deux vers de la chanson de Jean Ferrat, traduit les paroles et expliqua que tous les Français l'avaient entendue un jour. Azin était emballée, elle disait qu'ils allaient devenir fous, les djihadistes, en entendant ces deux vers.

191

Le lendemain sur le front, les filles retrouvèrent Sivan et Diyana au poste avancé près de la rivière. Elles racontaient leurs exploits de la soirée quand elles virent des F18 américains lâcher des missiles sur des cibles de Daech.

Les soldats kurdes comprenaient qu'une offensive se préparait contre eux, c'était à la fois frustrant et inquiétant. Les drones ou les satellites avaient dû détecter des mouvements ennemis. Il faudrait peut-être essayer de reprendre la ville d'Hawija, pensait Jenny. Cette attaque coïncidait avec une échauffourée qui avait eu lieu 2 jours avant lors d'une mission de ravitaillement. Des ennemis s'étaient infiltrés au sud d'Hawija et avaient tendu une embuscade à un groupe. Deux soldats kurdes étaient morts, dont une fille.

Le soir de ce bombardement des coalisés, Azin retrouva Ako, ils filaient le parfait amour, ils étaient allés au cinéma. Dersime, après une journée tendue, avait rejoint un groupe toujours accompagné de garçons. Jenny et Rojda se retrouvaient seules à discuter. La Française parlait de sa famille, un peu nostalgique. Régulièrement, la nuit ou dans des moments de cafards, elle ressentait le manque de son petit Boladji et de sa mère. Rojda, quant à elle s'inquiétait pour sa sœur, quel pourrait être son avenir, lié à celui de son pays, combien de temps vivrait-elle son amour dans la guerre ?

- Et toi, Rojda, il faut penser à toi, à tes amours, tu as déjà eu un copain ?
- Tu as… En France, comment te dire, tu as déjà fait l'amour avec une fille ?
- Tu es homosexuelle, Rojda ? demanda tout bas Jenny.
- Oui, il me semble que je le sais depuis toujours.
- Tu penses que tu pourras le vivre ici ?
- Non, en vingt ans, j'ai vu des belles choses arriver au peuple kurde, à son émancipation, à sa liberté, mais l'homosexualité, c'est encore tabou et pour longtemps.

- Tu l'as toujours caché, tu en as déjà parlé à quelqu'un ?
- Non seulement, je l'ai toujours caché, mais je le refoule au plus profond de moi, ce serait la honte pour ma sœur et ma famille. Il y a des cas régulièrement et les réactions sont monstrueuses. Comment c'est en France, ils se promènent dans la rue en se tenant dans les mains ?
- Oui, je dirais oui, mais c'est tout juste, c'est encore dur. La France est très loin d'avoir été le premier pays occidental à avoir accepté le mariage homo.
- Ce n'est pas possible, vous avez séparé l'état et la religion, vous avez coupé les têtes de vos rois, et vous êtes en retard sur ces libertés ?
- Les rois dans les pays européens possèdent un palais, ils coûtent cher à la collectivité et ils ne font pas grand-chose, hormis mener grand train. Nous avons encore ça en France. L'IVG, le droit à l'élection pour les femmes ont été des combats compliqués. Nous ne sommes pas près d'avoir des femmes ou des gens de couleur à la plus haute fonction de l'état. Les personnes n'ont pas la liberté de disposer de leur corps quand ils souffrent la mort.
- Nous, on évolue bien, mais pour accepter l'homosexualité, je pense qu'il faudra quelques décennies, et encore, je ne le verrais sans doute pas.

Les révélations de Rojda furent chassées par Ako et Azin qui rentrant de la ville de Kirkouk, leur apportèrent de la gaieté. En allant vers les dortoirs, jenny se dit qu'il n'était pas trop tard en France, son père lui avait donné le numéro de portable de l'adjudant Barenne, elle reportait depuis trop longtemps cet appel.

- Allô, mon adjudant, bonjour. C'est Jenny, je ne vous dérange pas ?
- Bonsoir Jenny, je suis content de t'entendre. Tu vas bien ?

193

- Oui, ça va, j'ai un peu le blues, ce soir. Je m'excuse de ce que vous avez pu entendre ou subir. J'ai l'impression de vous avoir trahis, à vous et aux collègues.
- Ne t'inquiète pas, c'est vrai que le premier mois a été pénible, le pire était de ne pas savoir. En ce qui me concerne, je t'ai toujours fait confiance, j'étais sûr que tu n'avais pas fait de conneries. Et ce que tu as fait, c'est génial, tu aurais vu l'enthousiasme ici, c'était impressionnant. Maintenant, ça se tasse. On a appris que tu avais sauvé toute une base ?
- Oui, c'est un peu exagéré. Ici, je suis à Kirkouk, c'est une guerre de tranchée. À part quelques pénétrations de djihadistes, on n'a rien à se mettre sous la dent. Les gars, ils vont bien ?
- Tout le monde a géré, sauf Ahmed et Marin qui ont accusé le coup. Ils se sont mis à picoler, à se battre pour te défendre à la moindre réflexion. Il y a eu un cap difficile, mais quand ils ont su, ils se sont remis au boulot. Ils ont vu une photo de toi dans les rues de Sulaymaniyah, c'est bien ça ?
- Oui, je crois savoir qui l'a prise, je suis suivie par une espèce de barbouze.
- Oui, donc, je leur ai dit que tu allais les casser en deux quand tu rentrerais, et ils se tiennent à carreau. Tu penses rentrer ? Il tutoyait son ancien sergent, cela ne lui était jamais arrivé.
- Je ne sais pas, ce n'est pas d'actualité. Tu…, vous avez des nouvelles de mon père, de temps en temps.
- Appelle-moi Marc. J'avais déjà une grande estime pour toi avant tout ça. Maintenant, tu ne peux imaginer la fierté que j'ai de te connaître. Je pense que tu ne reviendras pas dans la compagnie, je n'ai aucune idée de ce que tu vas faire, mais j'aimerais que tu me tutoies. J'appelle ton père régulièrement, j'avais peur que toute cette furie médiatique

194

ne le perturbe, mais il est fort, il a bien géré, et il est fier de sa fille.

- Merci, Jenny ne put s'empêcher de laisser son émotion l'envahir. Merci pour tout. Il faut que j'y aille, je te rappelle. Donne le bonjour à Ahmed et Marin et aux autres.
- Je n'y manquerai pas. À la prochaine. Appelle-moi quand tu veux, même la nuit. Fais attention à toi.
- Merci, à la prochaine. Jenny raccrocha.

Elle rentra en sanglots dans la chambre, Rojda la prit dans ses bras.

Quelques jours plus tard, la capitaine du 2e Bataillon ordonna à Jenny de réunir son groupe pour des nouvelles consignes. Des relèves avaient lieu parmi les soldats en place. Après accord du colonel de la base, les filles allaient se retrouver à occuper le poste 8. Le capitaine leur avait trouvé une salle assez grande pour les loger. Les rapports avec les hommes étaient corrects, tout au plus des prises de bec pour des broutilles. Jenny fut à deux doigts de se battre avec un soldat pour une bouteille d'eau. La tension était quelquefois soutenue, mais le capitaine et ses adjoints veillaient et les choses se tassaient.

Seule Dersime allait continuer les allers retours entre la base et les positions avancées. Elle aimait son camion, elle avait de bons contacts avec les habitants et les paysans qu'elle rencontrait dans les missions d'approvisionnement. Elle aimait les petites discussions un jour sur deux avec ces hommes de la terre qui se révélaient être des bons informateurs. Un matin, ils allaient alerter la Kurde de mouvements suspects. L'alerte, une fois donnée permit de stopper deux djihadistes qui s'infiltraient dans les lignes arrière.

Trois semaines de surveillance, d'ennuis quand rien ne se passait, de tensions quand le feu était nourri, un soldat fut blessé. Il tardait aux filles une relève et d'aller flâner en ville. Un matin de fin août, deux véhicules débarquèrent au poste de la rivière Wadi Feddah.

Trois officiers kurdes accompagnaient quatre militaires équipés de treillis contrastant avec les tenues locales. Jenny reconnut l'uniforme allemand. Il y avait deux officiers, un capitaine et un jeune lieutenant, un sous-officier ayant de la bouteille et une femme d'une trentaine d'années, sergent-chef, blonde, les traits fins mais déterminés. Sa beauté laissait pantois les Kurdes.

Un officier kurde demanda de l'aide pour décharger des caisses du camion. Une fois ceci effectué, l'officier kurde présenta les personnes comme des instructeurs sur le matériel qu'ils amenaient, d'abord en kurde, puis en anglais. Il laissa ensuite la parole au capitaine de la Bundeswehr. Celui-ci présenta des caisses équipées de lance-grenades antichar Panzerfaust, de fusils de précision Walther G22 et de mitrailleuses françaises. Les caisses furent ouvertes, les armes étaient montrées aux soldats, l'officier allemand assura qu'une instruction leur serait faite à tous et à toutes. Jenny était avec Rojda et Diyanna. Sivan et Azin étaient à leur poste dans les tranchées.

-   Il y a des femmes, on m'en avait parlé, je n'y croyais pas. Je me demande ce qu'elles valent avec une arme et au corps-à-corps, murmura le jeune lieutenant en allemand à ses deux collègues sous-officiers.

La militaire allemande foudroya du regard l'officier tandis que Jenny, proche du groupe, comprit le sens général et :

-   Mon lieutenant, ne vous inquiétez pas de notre maniement des armes. Ensuite, je parle moyennement l'allemand, je n'ai pas très bien compris l'expression *corps-à-corps*. Si c'est sexuel, je vous conseillerai d'aller vous soulager dans les toilettes. Si c'est combatif, je vous prends quand vous voulez, répondit-elle en anglais.

Rojda et Diyanna éclatèrent de rire. Le jeune officier piqua un fard, l'allemande fit un sourire immense qui embellit son visage. C'est juste après ce sourire qu'elle allait croiser les yeux de Rojda. Les deux filles se regardèrent en se fixant, la scène était irréelle. Sur ce terrain poussiéreux, au milieu d'armes, les deux femmes venaient de tomber amoureuses, l'une de l'autre. Survinrent alors des échanges de tirs nourris sur le front arrivant au bon moment pour décrocher leurs regards. Elles reprirent leur esprit, mais le visage de chacune s'était imprimé dans leurs pupilles, à l'encre la plus vive.

Par une entente tacite, la militaire allemande s'occupa des soldats de sexe féminin, elle s'approcha des armes, suivie par les Kurdes.

- Je m'appelle Katrin, dit l'allemande avec un sourire.
- Moi, c'est Rojda, et là, Diyanna et Jenny. Celle-ci allait vers la caisse des armes venant de France.
- Ce sont des Minimi, ça va plaire à Dersime ! s'exclama-t-elle.
- C'est la Française ?
- Oui, elle est avec nous depuis quelques mois, vous la connaissez, répondit Rojda tandis que Jenny sortait une arme et la manœuvrait déjà.
- On parle beaucoup de ses aventures, en Allemagne, elle est connue.

Après le briefing sur les armes, portant sur le démontage et l'entretien de chaque arme, les filles prirent les munitions se trouvant dans une autre caisse et s'approchèrent des lignes de protection. Elles avaient laissé le lance-grenades, qui serait testé dans des conditions de cibles plus évidentes. La mitrailleuse fut armée par Diyana, aidée par Azin lui tenant de servante.

Sivan visa avec son Dragunov, qui restait son fusil de prédilection. Elle tira sur un endroit où elle semblait percevoir un mouvement entre deux sacs de sable. La réaction fut immédiate, des balles crépitèrent sur les bacs de sable proches. Les soldats surveillaient les départs de tirs. Soudain, Rojda indiqua à Diyana l'endroit où tirer.

Celle-ci l'avait vu aussi, elle lâcha des rafales de 5,56mm, les dégâts étaient considérables sur les protections de sable, mais la présence et le nombre de victimes étaient impossibles à définir. D'autres mitrailleuses en batteries furent actionnées, mais avec les mêmes effets.

Tant qu'il n'y aurait pas de pénétrations dans les lignes, celles-ci ne bougeraient pas, les soldats en étaient conscients. Les djihadistes attendaient moins de protectorat des coalisés et les Kurdes attendaient l'ordre de récupérer Hawija.

Katrin et Rojda se jetaient quelques coups d'œil discrets, lourds de sens. Au bout d'une heure, les Allemands durent repartir, ils devaient fournir d'autres postes avancés. Katrin serra la main des femmes kurdes, laissa sa main dans celle de Rojda un peu plus longtemps que les autres. Jenny avait compris ce qui se passait, Dersime se doutait de quelque chose.

Après le départ des Allemands, Rojda était triste, mais elle s'interdit de le montrer. Ce n'était pas comme les autres que la beauté de Katrin qui l'avait touchée mais autre chose. C'était comme si l'élément d'un puzzle s'était emboîté parfaitement dans son esprit. Elle alla se cacher dans la chambre. Par chance, Rojda apprit qu'elles étaient relevées le lendemain. Elles retournaient à Kirkouk. Les Allemands donnaient des formations sur le combat de rue sur la base. Le moral de Rojda remonta un peu, elle espérait revoir Katrin. Une petite voix en elle lui disait pourtant l'inutilité de cet espoir. Elle devait enfermer au plus fond de son être cet amour interdit et impossible.

À leur arrivée sur la base le lendemain, les filles virent du matériel tel que chars ou encore canons remorqués. Des hélicoptères kurdes étaient stationnés sur la base, indiquant la présence de gros pontes. Une ambiance particulière se ressentait dans l'activité des soldats. Est-ce que les lignes allaient bouger ? En ce qui concernait Jenny et ses copines, les missions d'approvisionnement étaient prévues et allaient reprendre dès le lendemain.

Les Allemands n'étaient pas rentrés à l'arrivée du groupe de Jenny, Rojda fut déçue. Azin commençait à se poser des questions, sa sœur ne lui avait rien dit. Seule Jenny avait parlé à la kurde quand elles avaient été isolées. Rojda disait qu'elle rêvait, qu'elle devait arrêter de s'imaginer des choses, que même si Katrin éprouvait quelque chose pour elle, la situation était invivable. L'allemande allait rentrer chez elle et Rojda se serait fait du mal pour rien. Jenny essayait de tempérer en lui disant qu'elle devait suivre son instinct, *tout ce qui est pris n'est plus à prendre*.

Les Allemands, arrivés tard, avaient été accaparés par leurs occupations, les officiers kurdes les avaient invités ensuite pour un buffet au mess des officiers. Jenny alla voir sa capitaine avec qui elle avait de bons rapports dans le but de rendre compte de leur retour et demander des nouvelles des autres groupes. L'officière lui apprit qu'une fille avait été blessée dans une tranchée par un éclat de mortier, mais rien de grave.

Innocemment, Jenny demanda à la capitaine si elle pouvait informer la soldate allemande de sa présence. Celle-ci, mise au courant, s'approcha de la Française avec un grand sourire. Jenny lui passa son numéro de téléphone sur un papier en lui disant dans un allemand hésitant, restant discrète vis-à-vis des Kurdes aux alentours.

- On est de l'autre côté de la base, au foyer, si tu peux t'échapper et nous rejoindre, tu es la bienvenue. Tu n'auras qu'à m'appeler, je viens te chercher.
- J'ai mangé, je viens.

Elle posa un verre qu'elle avait à la main et suivit la Française.

Avec son treillis bien taillé, ses cheveux blonds noués, elle attirait les regards et le départ de l'allemande dut laisser pantois et éplorés certains officiers masculins.

- Tu as passé une bonne journée, lui demanda Jenny en anglais lorsqu'elles furent dehors.

199

- Oui, c'est sympa, on est bien accueilli. Il y a de grands besoins ici. Il y a eu des combats acharnés, c'est dangereux ?
- Non, mais je n'ai pas connu la reprise de Kirkouk, elle a été sanglante. Depuis, les lignes sont figées et on ne bouge pas beaucoup. Je sens que ça va bouger, c'est vous qui avez amené tous ces tanks et ces canons.
- Non, sans doute les Ricains. L'objectif serait de récupérer Hawija, c'est bien ça la ville à l'ouest ?
- Oui ce serait idiot d'avancer et de laisser une poche de djihadistes au milieu. Il n'y a pas de pétrole comme ici à Kirkouk, mais il y a de l'agriculture, c'est important, aussi.
- Oui, tu as raison. Ton but à toi, c'était de te venger ? C'est ce qu'on raconte en Europe.
- Non, je ne pense pas, mais l'armée en France, c'était fini pour moi. Ils refusaient de me redonner une arme alors que je m'étais battue pour ça. Le stress, le désert, la solidarité d'un groupe, le contact avec les populations en Afghanistan, tout ça m'avait plu, j'aurais dû tirer un trait sur tout cela.
- Oui, je comprends, c'était courageux de faire ce que tu as fait.
- Tu m'as suivie à cause de Rojda ? Elle ne sait pas que je suis venu te chercher.
- C'est une drôle de situation, je me dis que je suis folle, que je vais peut-être la mettre dans une merde noire. Elle t'a parlé ?
- Oui, la situation est compliquée, sa sœur n'est pas au courant, ni de son homosexualité, ni de ce qu'elle éprouve pour toi. On arrive.

Jenny poussa la porte du foyer et s'approcha de la table habituelle des filles. Dersime les vit en premier et tapota le bras de

Rojda en lui montrant les arrivantes. La Kurde fit un bond et se leva avec un sourire immense.

- Katrin ! Jenny, tu es allée la chercher, dit la Kurde, se retenant de se jeter dans les bras de l'allemande.
- Salut, Rojda. La belle allemande serre la main molle de la Kurde.
- Je… viens t'asseoir avec nous, tu connais tout le monde ? Non, voilà Ako, le petit copain de ma sœur. Elle s'appelle Katrin.
- Euh, bonjour, bienvenue. Ako se leva et serra la main que lui tendait la soldate étrangère.
- Eh bien, Ako, tu peux fermer la bouche et t'asseoir ! Azin, jalouse, se mit en colère, elle ne comprenait pas ce que faisait l'allemande ici.

Dersime approcha une chaise et alla chercher des tasses de thé et quelques jus de fruit. Tout le monde s'assit et la discussion dévia sur l'Allemagne. Les Kurdes ont beaucoup de relations et d'amitiés envers ce pays, beaucoup de Turcs et de Kurdes s'étant expatriés vers ce pays.

Ako et Azin furent les premiers à partir. Quelques temps plus tard, Katrin devait rentrer. Le groupe de jeunes femmes avait préparé une sortie en ville pour le lendemain. L'allemande devrait cacher ses cheveux, Rojda lui dit qu'elle lui prêterait tout ce dont elle avait besoin. Elle se proposa de raccompagner la belle étrangère. Quand Jenny revint dans la chambre, Azin, ne voyant pas sa sœur, explosa.

- Elle est où, Rojda ? À quoi elle joue, avec cette fille ?
- De quoi tu parles, fit Jenny innocemment, elle raccompagne juste l'allemande et elle revient.
- Je ne sais pas ce qui se passe, je ne comprends plus ma sœur. Elle n'est pas comme d'habitude. Elle s'est jetéc sur cette allemande comme je ne sais pas quoi.

- Je n'en sais rien, elle a fait pareil quand nous nous sommes connues, elle et moi.
- Tu te fous de moi ?
- Bon, je me couche, moi. On a une dure journée, demain. Il faut préparer les ravitaillements. Tu as des soucis avec Ako ?
- C'est un con, lui aussi !

Si la situation n'était pas si compliquée, Jenny en rigolerait, contrairement à Dersime, pliée de rire. Rojda allait rentrer une heure plus tard, les filles étaient déjà endormies. Le lendemain, Azin, son insouciance aidant, était passée à autre chose. Elle annonça qu'elle ne viendrait pas en ville avec les autres. Les militaires vaquèrent à leurs occupations, il y avait un changement de mission. Du renfort était arrivé, et les nouveaux allaient s'occuper des rotations. Dersime accepta de guider les nouveaux, c'était des jeunes gars arrivant d'Erbil. Le nouveau job fut de faire des rondes autour de la ville de Kirkouk, les filles étaient accompagnées d'un lieutenant et d'un adjudant avec deux humvee équipés de mitrailleuse. Il fallait coordonner ces missions avec la police, qui, si elle n'intervenait pas sur le front et ses abords, devait contrôler la ville et toutes ses voies d'accès. De nombreux chemins et passages escarpés étaient à surveiller. Jenny se retrouva seule avec Rojda à un moment :

- Alors, tu me racontes.
- Hum, elle m'a montré sa chambre.
- Oui et après ?
- On a fait mieux connaissance. C'était super, Jenny, elle m'a fait des choses super agréables. Tu sais, si je dois refouler tout ça au fond de moi, j'aurai toujours le souvenir de ce moment. On a parlé, une vie ensemble est impensable. Elle ne peut pas rester ici comme toi, notre amour serait impossible. Si moi je vais en Allemagne, elle partira en

mission et je ferais quoi, moi pendant que mon peuple se bat. On a pris cela comme une aventure sans lendemain.

- Oui, c'est dommage.
- Tu sais, quand tu es arrivée, j'ai pensé à ça. Je me suis dit, une Française, elle doit être dévergondée. Elle ne dira pas non. Un jour, au bataillon, je t'ai vue seins nus après une douche, j'ai failli te sauter dessus.
- Mais tu es en train de me dire que tu as failli me violer, répondit Jenny en riant. J'aime la quéquette, moi, je n'aime pas les chattes.
- Tu me choques de parler comme cela, dit la Kurde avec un sourire moqueur.
- Elle avoue qu'elle voulait me violer et je la choque. N'importe quoi !
- Au fait, il faut qu'on remette ça, ce soir.
- Ouais, c'est qui la dévergondée ? Au fait, Azin m'a posé plein de questions hier soir, elle ne comprend pas.
- Il ne faut rien lui dire, hein Jenny, tu me le promets.
- Bien sûr, c'est à toi de lui parler.
- J'en ai peur, je ne suis pas certaine qu'elle comprenne. Au fait merci pour hier, je ne te remercierai jamais assez pour ce que tu as fait.

Le soir même, Rojda était allée chercher Katrin avec des affaires lui donnant une allure banale dans une ville kurde. Elle n'attirerait pas trop l'attention si ses cheveux étaient cachés. Jenny et Dersime, les deux seules à sortir avec les amoureuses, les attendaient depuis une heure avec un sourire moqueur.

- On a failli attendre, leur jeta Dersime.
- Il fallait choisir le foulard, répondit Rojda en souriant et en rosissant un peu.
- Oui, c'est ça.

-   Allez, on part, il y a un bus à la sortie de la base.

Les filles se retrouvèrent en ville. Rojda s'était mis un foulard par solidarité avec l'allemande, peu de jeunes femmes en portaient. La ville avait beau être sécurisée, elle pouvait être dangereuse. 2 attentats avaient eu lieu les six derniers mois. Les soldats avaient pour consigne de surveiller leur sortie de la base, qu'ils ne fussent pas suivis par des terroristes. D'autant plus des femmes, ajoutées à la présence d'une soldate étrangère, le groupe pourrait susciter une intervention malsaine. La prudence restait de mise.

Les jeunes amoureuses voulaient profiter d'être ensemble. L'allemande partait le lendemain sur Erbil. Elle ne savait si elle reviendrait sur cette base de Kirkouk. Les filles étaient joyeuses le long des rues bétonnées faisant ressortir les façades ocre de la ville. Elles avaient mangé dans un restaurant des dolmas et un maklouba, un plat de riz avec de la viande de veau, des pommes de terre, et des aubergines. Elles s'étaient payé le luxe d'une bouteille de vin locale, légèrement sucré. La consommation d'alcool est autorisée dans les villes kurdes, les communautés juives et chrétiennes ont participé à préserver ces traditions. Le vin est cher. La bière et l'Arak, à base d'anis sont les boissons plus utilisées dans la consommation courante. Un peu pompettes, un peu repues, les jeunes femmes avaient longé la citadelle rappelant celle d'Erbil. Pour autant, la ville de Kirkouk n'avait pas l'avancée dans l'urbanisme que connaissaient les villes d'Erbil et Sulaymaniyah.

Il était tard quand elles rentrèrent sur la base, elles accompagnèrent Katrin devant le bâtiment où elle logeait, Rojda laissa couler quelques larmes qui humidifiaient ses yeux noirs. Les adieux furent discrets, mais touchants. Les trois filles rentrèrent vers leur dortoir avec Dersime essayant toujours de voir les choses du bon côté. Elle disait être sûre que plus de quatre-vingt-dix pour cent des mecs de la base auraient rêvé de mettre la belle allemande dans leur lit, avec leur bouche ouverte, les yeux tombant comme s'ils avaient vu la Vierge Marie. Dersime était une Yézidie, religion vénérant le christ et sa mère. Elle racontait vouloir dire à tout le monde que seule la petite Rojda avec ses petits seins pointus et son petit clitoris avait réussi là où tous les mecs avaient raté. Ils pouvaient s'asseoir dessus, disait Dersime en gardant son sérieux, juste un gros sourire. Jenny rigolait de bon cœur et Rojda ne savait plus si elle pleurait de tristesse ou de rire, ses larmes appelaient une envie de bonheur ; celui d'être avec ses copines et d'avoir assouvi un plaisir interdit.

Deux jours après, le groupe de Jenny était en faction sur le taxiway face à la piste pour protéger quatre hélicoptères, un pour les secours, un pour les autorités et deux dédiés au transport pouvant amener une équipe de combattants. Deux C160 Transalls avaient été amenés par les Allemands, quelques pilotes étaient encore là pour former les pilotes kurdes.

Soudain, un hélicoptère s'approcha suivi de deux autres à la cocarde française. Ils atterrirent à une centaine de mètres de Jenny. Il y avait un caracal, dédié au transport du personnel et une Gazelle Viviane armée de deux missiles air-sol.

Jenny eut le temps de voir les occupants mettre des cagoules avant de sortir ; les Forces Spéciales ! Le cœur de Jenny fit un bond dans sa poitrine, elle avait envie de leur sauter au cou. Elle les avait croisés en Afghanistan. Du fait de leur travail occulte, ces soldats hors du commun se doivent de garder de la distance vis-à-vis du reste du personnel. Même si l'envie la tenaillait, Jenny se gardait bien de les approcher quand elle entendit un Français transmettre un ordre, elle reconnut cette voix. Elle ne pouvait plus reculer, elle s'en serait trop voulu. Un 4x4 arrivait en même temps de l'autre côté avec sans doute des autorités kurdes. S'approchant jusqu'à une vingtaine de mètres, elle cria *bonjour* en français. Un soldat en faction qui surveillait les opérations de déchargement du matériel se retourna et cria *Go back* pour ordonner à la Française de reculer, il la pointait de son fusil d'assaut.

- Titi, c'est moi Jenny ! fit-elle en s'arrêtant et en mettant les bras en l'air en forme de docilité, sa kalachnikov en bandoulière dans son dos.
- Jenny, cria un des soldats. C'est toi ! Kat, c'est bon, baisse la garde ! C'est la Française, Jenny.

Il s'approcha de l'ancienne militaire française en tenue kurde disparate équipée d'un chèche pour se protéger du soleil.

- Salut, Jenny, je suis content de te voir. Je te félicite, on suit tes exploits, en France. Tu as reconnu ma voix ? Excuse pour la cagoule, je ne peux même pas t'embrasser.
- Salut, Thibaut, ne montre pas ta tête, je veux garder un bon souvenir de ta belle gueule. Tu dois avoir la figure pleine de cicatrices, et tu as dû vieillir depuis saint-Maixent.
- Oh, ça fait peine 3 ans !
- C'est ton accent toulousain qui t'a trahi. J'avais entendu dire que tu avais rejoint les Cow-boys, je te félicite. Alors c'est le débarquement ?
- Ah, Ah, tu sais bien que je ne peux pas te répondre. Tu vas bien ? Je n'ai jamais osé t'appeler pour ta famille, je suis désolé. C'est calme ici ?
- C'était calme avant que tu arrives. Maintenant, ça va être le bordel ! dit Jenny en riant. Tu ne peux pas savoir combien je suis contente de vous voir, ça va bouger, et la cerise sur le gâteau, c'est de te savoir sous le même soleil que moi.
- Si j'essaie de négocier pour t'avoir comme soldat de liaison, ça t'intéresse ?
- Tu me tentes, mais j'ai mon groupe moi aussi et j'y tiens trop pour leur faire faux bond. Tiens, il y en a deux qui arrivent.

206

- C'est tout à ton honneur, Jenny.
- Je te présente Dersime et Azin, les autres sont de l'autre côté du tarmac. Mesdames, je vous présente Titi, vous connaissez Alain Delon. Lui, il est encore plus beau. Mais il est timide, il ne veut pas montrer sa tête.
- *Good morning, young ladies* ! dit-il tout en faisant une petite révérence. Jenny, il faut que j'y aille.
- Oui, je comprends, fais gaffe à toi, bises.
- Attention toi aussi ! Prenez soin de ma petite jenny, dit-il en faisant un petit geste aux 3 femmes et en s'éloignant vers l'hélicoptère.

Les évènements allaient s'accélérer 2 jours après, le groupe de Jenny fut envoyé en renfort au poste avancé près de la rivière Wadi Feddah. Une fois arrivés, les soldats furent briefés, les ordres reçus par les militaires étaient d'attendre bien armés, à quelques centaines de mètres au sud du QG. Personne ne savait comment la pénétration et la reprise de Hawija allaient s'effectuer, parce que c'est bien de cela qu'il s'agissait, Jenny en était sûre.

Aux alentours de huit heures, des premières explosions furent entendues vers le sud, assez lointaines d'abord, puis s'approchant rapidement. Soudain, un hélicoptère arriva en rase-mottes de l'est, pour éviter les tirs ennemis. Il se posa en gardant les hélices en mouvement. En descendit un gars des forces spéciales porteur d'une valise noire, accompagné d'un lieutenant kurde pressant les soldats de se préparer. Le militaire français s'approcha du mur de protection et ouvrit la valise. Jenny reconnut un désignateur laser terrestre. Une fois allumé, à l'aide d'une carte et d'un boîtier GPS, le soldat dirigea le pointeur laser vers un point névralgique pour l'ennemi.

En effet, les Kurdes avaient toujours entendu des véhicules ennemis dans cette direction. Le français était en liaison radio avec ses supérieurs. 7 minutes plus tard, un bruit aigu et tout s'enchaîna. Le sifflement se transforma en une boule de feu à une centaine de mètres de l'autre côté du no man's land, tandis que les soldats kurdes virent passer un rafale français. Le missile avait été guidé par le point laser dirigé par le combattant français.

Le capitaine donna l'ordre de foncer. Trois groupes étaient déjà en ordre de marche, leur ordre était de poser des mitrailleuses en batterie vers le sud et le nord. Les filles avaient pour mission de renforcer les positions déjà établies. Jenny, en croisant le soldat français qui repartait vers l'hélicoptère, lui fit un *merci* rapide. Un peu surpris, le gars des opérations spéciales, réagit rapidement et lui fit un clin d'œil suivi du pouce levé. *Courage*, lui dit-il en partant vers une autre position avancée.

Tous les kurdes s'élancèrent pour traverser le no man's land. Jenny cria à son groupe d'avancer en courant, il fallait profiter de la pagaille de l'autre côté. Deux tireurs isolés tirèrent et quelques soldats tombèrent, rapidement les Kurdes ripostèrent vers la source des tirs et ceux-ci se tarirent rapidement. Dersime portait une Minimi, Sivan son fusil, les autres filles avaient leur kalachnikov en bandoulière. Ce que découvrirent les Kurdes était un gigantesque trou, il devait y avoir une maison à cet endroit et sans doute une réserve de munitions tellement l'explosion avait été énorme. Des débris de véhicules étaient dispersés partout. Quelques cadavres gisaient au sol.

Une dizaine de soldats eut pour mission de tenir la route d'accès au poste ennemi, 5 groupes restèrent à nettoyer les tranchées et les excavations où pouvaient se terrer les djihadistes. Le reste du contingent, avec l'équipe de Jenny, emmené par un officier et trois adjudants descendit vers le sud.

Jenny reçut l'ordre d'avancer tandis qu'une mitrailleuse les protégeait. Les soldats étaient encore dans une zone touchée par l'explosion. Sivan se positionna sur une butte où elle pouvait surveiller toute la progression. Pratiquement de suite, elle vit un mouvement dans ses lunettes et tira vers une tranchée à une cinquantaine de mètres des filles. Celles-ci se mirent à l'abri, Dersime arrosa de quelques rafales avec sa mitrailleuse. Des cris se firent entendre, une réplique de AK47, puis plus rien.

Des soldats progressaient dans les tranchées pour les nettoyer, finir les blessés, Jenny en était convaincue. Elle était là pour combattre, non pour assassiner des blessés. Mais elle n'était pas chez elle, et ce que faisaient les Kurdes ne la regardait pas.

Jenny vit une butte, elle proposa à l'adjudant de se positionner à son sommet. Le danger pouvait venir des tranchées si des ennemis étaient encore terrés ou de l'ouest si certains s'étaient repliés. Une fois arrivée sur la butte, une vieille maison délabrée apparut de l'autre côté. La mitrailleuse fut disposée en batterie. Jenny sentait la présence de l'ennemi à l'intérieur. Elle intima à tout le monde d'être à l'affût. Les Kurdes n'avaient rencontré que très peu de combattants, dans les tranchées ou sur le plat, ils étaient certainement terrés dans cet abri. Sivan se rapprocha, et avec ses lunettes, sonda la maison et d'éventuels mouvements.

Au loin, d'autres explosions retentissaient. Tout le front était en train de se disloquer, cela devait être la panique chez les ennemis du nord au sud.

Soudain un coup de feu partit de la maison, un des Kurdes fut touché. Sivan répliqua instantanément, deux mitrailleuses arrosèrent les fenêtres, ou du moins ce qu'il en restait. Quelques vieilles planches étaient fixées depuis bien longtemps sur ces ouvertures. Les djihadistes étaient bien planqués.

L'adjudant fit stopper la progression, il appela un opérateur de lance-grenades. Au bout de 5 minutes de planque, ils furent trois à arriver, le porteur du Panzerfaust et une caisse de grenade portée par les deux autres. L'opérateur prépara sa grenade et tira son engin de mort sur le premier étage d'où étaient partis les coups de feu. Les soldats

209

kurdes faisaient diversion à une vingtaine de mètres du tireur. Les grenades étaient prévues pour transpercer des chars, celle-ci fit pas mal de dégâts sur l'immeuble. L'armature de la maison fut touchée et la toiture entraîna ce qui restait de l'étage au sol. Il était temps de foncer, l'adjudant lança le deuxième groupe sur les éboulis tandis que Jenny et son équipe les protégeaient. La progression continuait dans les tranchées, entre des tirs de grenades et des rafales d'AK47.

Un mouvement sur la gauche des ruines, une ombre s'enfuyait dans la poussière, Sivan l'avait senti, le coup partit en même temps que les filles le virent. L'homme s'abattit comme une masse, la tête explosée. L'ancienne maison fut nettoyée, l'avancée des Kurdes pouvait continuer. Des véhicules lourdement armés étaient partis sur la route pour couper la fuite des ennemis. Pris à revers, leur retraite coupée, le sort des djihadistes en était jeté.

Le bataillon avançait, des hélicoptères de la coalition firent quelques passages au-dessus des combattants, ceux-ci entendaient de temps en temps une roquette exploser, certainement sur un char. Les combats semblaient acharnés sur la ville de Hawija, au sud du petit Zab. Jenny supposait que le gros des forces kurdes devait foncer sur la ville par son côté du levant.

Sur la ligne de progression, l'opérateur du lance-grenades ne chômait pas. Partout, des poches de résistance se faisaient sentir. Une dizaine de victimes étaient à déplorer parmi les Kurdes, autant de blessés. Le capitaine fit savoir aux soldats que le regroupement devrait s'effectuer sous peu. Il ne faudrait pas prendre les amis pour des djihadistes. Des cris de joie éclatèrent quand la position des Kurdes fut reconnue par le soleil trônant au milieu des trois couleurs. Le drapeau était accroché sur un fusil, il attendait les forces amies. Les combattants laissèrent éclater leur joie qui ressemblait à une victoire. Les blessés étaient évacués.

L'alliance des groupes exigeait une réorganisation de l'avancée vers l'ennemi. Le capitaine et son bataillon de combat reçurent l'ordre de repartir vers le sud en véhicule, retraverser le petit Zab pour aller contourner la ville d'Hawija. Le point de ralliement était le village de shakhat thalathah, fraîchement repris. Dans le camion, les filles étaient fières d'elles, Dersime se demandait si toutes les femmes du 2e Bataillon étaient indemnes.

Arrivés dans ce village poussiéreux, des maisons lacérées et percées des multiples éclats d'obus et de balles, quand elles n'étaient pas réduites en ruine, les Kurdes se mirent à la disposition du QG local qui conduisait la prise d'Hawija par son côté nord.

Les officiers et les chefs de groupes apprirent que l'offensive sur la ville avait été un succès. Les ennemis étaient regroupés dans le cœur de la ville, il allait falloir les prendre à revers. Les militaires contrôlaient la route d'accès jusqu'à l'entrée d'Hawija et des mitrailleuses étaient en batterie. Les coalisés ne pouvaient tirer sur des maisons potentiellement habitées par des civils. Le combat allait donc se faire en avançant petit à petit en fouillant chaque maison. L'escouade dont faisait partie Jenny devait, à 2 kilomètres de l'entrée de la ville, progresser à pied sur un chemin plein ouest pour se retrouver à une minoterie dont les silos à grain étaient visibles de loin. Les autorités soupçonnaient la présence de nombreux ennemis à cet endroit.

Une fois rééquipés en munitions, les outres d'eau remplies et les consignes répétées, le bataillon mené par le capitaine et deux adjudants fut envoyé à l'embranchement à deux kilomètres d'Hawija. Dans ce camion débâché, le groupe de Jenny restait concentré sur la mission. Sivan tenait fortement son fusil de tireur d'élite, son regard fixe et dur. Aucune émotion ne venait la perturber, hormis un vague rictus de temps en temps qui aurait pu passer pour un sourire furtif. Elle savourait sa vengeance. Diyanna parlait tactique avec Jenny, tandis que Dersime et Azin se remémoraient leurs exploits, le long des tranchées. Elles

211

protégeaient le véhicule, mitrailleuses armées et pointées vers un éventuel ennemi. Rojda était aussi accaparée par l'environnement de la route et la présence de mouvements inquiétants, avec son AK47 prête à cracher le feu. Elle était pourtant distraite, par la peur pour sa sœur qui, intrépide, n'hésitait pas à se lancer dans les combats. L'absence de Katrin lui pesait, elle voyait les choses en noir, elle imaginait les pires scénarios.

Le camion stoppa soudain et les filles en descendirent. Le capitaine et un adjudant donnèrent les consignes de progression. Désormais, le petit bataillon était en terrain ennemi. Il y avait une petite distance à effectuer jusqu'à la minoterie, mais le chemin était sinueux, dans un mélange de petits bois et de zones découvertes. L'ordre était formel, il fallait prendre cette usine qui était un point stratégique au nord-ouest de la ville. Dans les bois, pouvaient se cacher des chars non visibles des avions et des drones. Jenny voyait au lointain un silo, donnant la direction de l'usine.

Jenny et son groupe furent volontaires pour ouvrir la marche. Au fil des combats, les jeunes femmes avaient pris de l'importance et imposaient le respect. Karim, un des adjudants prit le commandement. Le capitaine leur adjoignit un Kurde équipé d'un lance-grenades. Dersime était équipée d'une Minimi, sa redoutable mitrailleuse, de petit calibre, mais très rapide, Azin portait 2 bandes de cartouche et un canon de rechange. Les trois autres filles portaient des grenades en plus de leurs armes et chargeurs.

La progression pouvait démarrer, Jenny et Rojda partirent en éclaireur. Elles respectaient les règles, observer et reconnaître leur prochaine position, debout derrière une butte, allongées ou encore accroupies. Une fois la première combattante positionnée, silence absolu, écoute, observation. Une fois le terrain sûr, geste précis à la deuxième combattante qui avançait jusqu'au prochain point. Trois gestes possibles. Avance, la voie semble libre. Stop, douteux. Recule, le coin est pollué.

Le long d'un champ de céréales à l'abandon en cette fin d'été, seuls quelques plants hauts et secs de blé ou d'orge cachaient à peine le chemin, Jenny et Rojda devinaient une grande courbe semblant se terminer par un virage en épingle à cheveux.

Jenny sentait un danger, le piège pouvait se trouver après ce virage avec des ennemis dans le dos. Elles décidèrent de couper en rampant par le champ. La progression était lente dans les plantes sèches. Soudain, des bruits assourdis, des paroles, ils étaient là ! Les filles revinrent en arrière pour rendre compte. Aucun point haut pour des tirs distants, il fallait les attaquer de front et de côté. L'adjudant pensait qu'une mitrailleuse avait été positionnée pour accueillir un éventuel véhicule après le virage en épingle. Le problème était de savoir si d'autres forces étaient en présence. Le point était sensible, la minoterie étant juste après. Le petit groupe décida d'attendre le gros du bataillon, de prendre à revers l'éventuelle mitrailleuse et les probables djihadistes armés.

Divisés en trois équipes, les Kurdes décidèrent d'avancer en contournant le champ par la gauche, un autre groupe devait s'efforcer de les prendre à revers vers la droite. Les militaires de face attendaient le feu vert pour attaquer à travers champ.

Bien leur en prit, un char était stationné à trois cent mètres, caché au pied d'un silo accompagné d'une petite dizaine de djihadistes et 2 mitrailleuses. Les combats allaient être rudes, l'effet de surprise allait être bénéfique. Le groupe de droite n'avait pas fini de traverser le bois, quand un Kurde tomba et alerta les ennemis.

Le capitaine ordonna le feu, la mitrailleuse fut attaquée à travers champ, le lance-grenades déjà prêt lança son engin sur le char. C'était la débandade chez les défenseurs de l'usine, le potentiel des Kurdes était largement supérieur par le nombre. La grenade fit des dégâts chez les

213

ennemis mais rata le char, celui-ci eut le temps de tirer vers les attaquants de la mitrailleuse. Azin cria et tomba dans le fracas de l'explosion, suivie du char qui fit un bond de deux mètres de haut quand la deuxième grenade le toucha de plein fouet. Rojda avait vu la scène au ralenti, son cri strident donna la chair de poule aux deux ou trois djihadistes encore en vie. Sale journée pour eux, ils furent découpés par les soldats à coups de mitrailleuses et d'AK47. Rojda lâcha son arme et fonça sur sa sœur.

- Azin, réponds-moi, dis-moi que tu vas bien ! criait-elle en même temps qu'elle s'accroupissait aux pieds de sa sœur.
- Rojda, putain, j'ai mal. Je crois que j'ai pris quelque chose dans le ventre, je douille, merde. Je crois que c'est foutu, sœurette.
- Non, ne dis pas ça, on va te soigner, ce n'est rien. L'aînée hurlait à l'aide tandis qu'elle ouvrait la chemise et découvrait une plaie béante.

Un éclat de métal était encore fiché dans son abdomen, Rojda vit en même temps que Jenny les organes d'Azin béants. Une des pires blessures, elles font autant mal qu'elles sont meurtrières.

- Azin, non, ma petite sœur, pourquoi toi !
- T'en fais pas, Rojda, on a fait ce qu'il fallait. Dis à Papa et Maman que je les aime. J'ai participé à la liberté de mon pays. Je pars, mais on les a eus ces salopards.
- Mais Azin, mon Dieu, ma petite sœur.
- Rojda, laisse-moi parler, dit-elle d'une voix affaiblie, je sais pour toi et l'allemande, Maman aussi, nous en avons parlé. Il y a longtemps qu'elle sait que tu aimes les femmes. Va vivre ton amour en Allemagne, ce sera impossible ici ! Paraît-il qu'on a des cousins là-bas. Sois heureuse !

- Tu es la plus jeune d'entre nous, c'est dégueulasse ! Hein Jenny, c'est pas possible. C'est un cauchemar, je vais me réveiller.
- Jenny, reprit Azin d'une voix presque inaudible, je suis heureuse de t'avoir connue. Tu nous as fait un bien fou. Tu nous as aidées à être des femmes encore plus fortes. Prends soin de ma sœur. Rojda, je t'aime, dit-elle dans un dernier souffle.

Innâ li Llâhi wa innâ Ilayhi râji'ûn !

Rojda, meurtrie au plus profond de sa chair cria cette invocation, *nous appartenons à Allah et nous lui retournerons* qui fut suivie de quelques litanies. Ses pires craintes, ses cauchemars s'étaient réalisés. Dersime et les autres filles accoururent pour soutenir la jeune femme anéantie. Diyanna resta ensuite avec Rojda et le corps de sa sœur. Il fallait rapatrier le corps à Kirkouk et prévenir les parents.

Sivan était déjà partie se mettre en position pour protéger le point stratégique qu'était la minoterie, Jenny et Dersime allèrent aux consignes. La place était dégagée. La route vers l'ouest, éventuellement une issue de sortie pour les djihadistes, était contrôlée. La mission était un succès, même si quelques soldats kurdes y avaient laissé leur vie. Les mitrailleuses mises en batterie, la route et le chemin empruntés par le bataillon devenaient un pont d'approvisionnement depuis le village shakhat thalathah.

Les blessés furent évacués et évidemment les corps des combattants décédés. Rojda accompagnait sa sœur. Le capitaine informa que les combats de rue continuaient, comme l'attestaient les coups de feu et le bruit des explosions dans la ville d'Hawija. Pour l'instant, la retraite des soldats de Daech était coupée.

Une fois l'effectif des soldats gonflé, l'ordre vint de les prendre à revers. Malgré la tristesse de la disparition d'Azin, Jenny eut la bonne surprise de voir arriver Keyna, elles s'enlacèrent, rien n'était à dire. Les morts, parmi eux des frères, des sœurs, des ennemis haïs, étaient là pour tempérer leur ardeur. La résignation était de mise.

Pour pratiquement toutes les filles, c'était les premiers affrontements directs avec l'ennemi. Aucune d'entre elles n'avait connu auparavant la dureté d'un tel combat. Le corps d'un ennemi tué en ville ou sur une embuscade était exposé fièrement. Celui d'un ami, d'un frère était pleuré. Là, il fallait avancer, impossible de perdre du temps à pleurer. Les corps ennemis restaient à pourrir sur le bas-côté du chemin ou dans un fossé, le combat continuait.

Jenny devenait un simple soldat et son nouveau groupe entamait la progression en terrain ennemi. La Française regardait Keyna, elle se souvenait du chemin parcouru depuis son arrivée six mois auparavant quand la Kurde lui avait montré son beau pays entre Erbil et Sulaymaniyah.

Les soldats arrivèrent dans des rues habitées. Des bruits de combats se faisaient entendre un peu plus loin, le centre-ville était à peine à un kilomètre à vol d'oiseau. Les djihadistes pouvaient se terrer dans les maisons. Il fallait contrôler chaque habitation à la recherche d'armes, tous les habitants devaient être considérés comme dangereux. Diyanna, après s'être occupée de l'évacuation de la dépouille de la pauvre Azin, avait rejoint les combattants. La Kurde et Dersime attendaient à l'abri d'un pignon d'une maison en torchis, tandis qu'un soldat et Jenny sortaient de la maison en levant la main ouverte pour informer que la maison était claire.

Dans son pays, la Française aurait lancé un pouce levé pour envoyer un OK, dans un pays du Moyen-Orient, cela pourrait passer pour une injure.

Keyna était positionnée dans la rue en amont pour surveiller un éventuel tireur embusqué. Les militaires kurdes entendirent en même temps un coup de feu et virent Jenny s'effondrer en arrière. Keyna avait vu d'où était parti le coup, elle répliqua vers cet endroit. Diyanna s'élança vers Jenny en criant, en prenant des risques énormes. Dersime, comme folle, avait vu la direction des tirs de Keyna, s'élança avec sa Minimi en balançant toutes les cartouches de sa bande de munitions et en criant de façon stridente. Le tueur, s'il n'avait pas été touché par une balle de Keyna ayant traversé le torchis, serait mort de peur en voyant cette furie foncer sur lui, hurlant et tirant de sa mitrailleuse de son bras droit en portant un chargeur de cartouches de l'autre main. Un autre groupe arriva en courant pour sécuriser la zone. Le djihadiste semblait seul. Il était criblé de balles.

- La frenchie est touchée ! cria Diyanna à genoux aux chevets de Jenny.

La nouvelle fit le tour du bataillon. La Française, pour beaucoup, était une sorte de mascotte. Diyanna essaya d'évaluer les dégâts, elle voyait le tee-shirt ensanglanté. Jenny était inerte, l'outre d'eau portée sur l'épaule avait volé, le sang sur le vêtement souillé descendait jusqu'à la ceinture de chargeurs. Diyanna ne vit pas immédiatement où Jenny avait été touchée. Les filles l'avaient vue tomber lourdement en arrière, sa tête avait heurté le perron de la maison et son chèche ne l'avait pas protégée. Diyanna vit enfin une blessure sur l'épaule, la clavicule droite était explosée, la balle avait traversé l'épaule, un bout d'os taillé tel un silex sortait à l'arrière de son torse. Diyanna savait qu'une artère ou une veine importante passait par l'épaule. *Un toubib !* Hurla Dersime ayant posé sa mitrailleuse et s'étant accroupie.

Elles ne se rendaient pas compte que le tee-shirt était mouillé d'eau de l'outre qui avait explosé. Un soldat ayant fait des études de médecine arriva et calma les femmes kurdes. Il avait vu rapidement que l'artère n'était pas touchée, la main de la Française était irriguée. Le fait qu'elle eût perdu connaissance l'inquiétait plus. Un brancard arriva, il fallait l'évacuer pour réduire la fracture de l'épaule. Les filles étaient rassurées par le diagnostic du soldat médecin, les jours de la Française n'étaient pas comptés. Elles virent partir le brancard vers la minoterie d'où Jenny serait évacuée vers l'hôpital de Kirkouk. Les soldats kurdes reprirent leurs armes et continuèrent leur progression vers le centre-ville d'Hawija.

Erbil.

Jenny ouvrit un œil. *Où suis-je ?*

Elle mit quelques minutes à comprendre être dans un hôpital, les murs étaient blancs, un appareil à ses côtés n'arrêtait pas de biper. Elle n'avait aucune douleur. Branchée de partout, son bras droit était immobilisé dans un énorme appareil métallique, son épaule semblait être multipliée par trois, elle espérait que ce n'étaient que des bandages.

Les souvenirs commençaient à revenir, elle se souvenait de cette maison bien entretenue, cette femme heureuse de les accueillir chez elle, son collègue soldat et elle-même. Elle comprenait la nécessité de fouiller toute la maisonnée. Elle leur ouvrait toutes les portes avec des remerciements. *Il faut tuer tous ces fous*, disait-elle. Il n'y avait aucune arme, le mari de cette femme était mort, tué par les djihadistes déjà depuis plus d'un an. Jenny était sortie de la maison avec Eyaz, son prénom lui revenait. Elle vit Dersime au fond, lui fit un signe. Bang ! Le trou noir !

À première vue, son épaule avait été touchée. Elle se demandait si Hawija avait été reprise. Il lui tardait d'avoir des nouvelles des filles. *Rojda se remettait-elle de sa douleur ?* Elle devait être avec ses parents.

La porte s'ouvrit et une infirmière apparut. Surprise, elle murmura un bonjour et ressortit tout de suite. La porte s'ouvrit deux minutes après et …

- Jenny, je suis heureux de te voir réveillée !
- Papa, qu'est-ce que tu fais là ?
- Bonjour, ma chérie, ma petite Jenny, je me suis fait tellement de soucis. Non, ne bouge pas. Tu dois être encore faiblarde.
- Vous, vous êtes là aussi ? dit-elle en voyant le barbouze Philippe.
- Et oui, je ne vous ai jamais quittée des yeux. Répondit-il avec un clin d'œil. Je vous laisse avec votre père, je vais voir

les docteurs. Je vous verrai plus tard. Monsieur Canuto, vous me faites appeler quand vous sortez.

- Oui, je n'y manquerai pas, je suis perdu ici.
- Papa, on est où ?
- Ma petite Jenny, ça fait trois jours que je suis ici. On est à Erbil, c'est vrai que c'est une superbe ville. Tu es dans le coma depuis trois semaines.
- Trois semaines ! Mais les filles et la prise d'Hawija ? Comment vont les filles ?
- J'ai entendu dire que la ville où tu te battais a été complètement nettoyée des djihadistes. Un grand succès, mais quelle peur pour moi. On m'a prévenue il y a une petite dizaine de jours. Monsieur Philippe m'a bien aidé à Erbil. Une infirmière m'a dit que trois filles militaires sont venues te voir, mais je ne sais pas qui c'est.
- Il doit y avoir Rojda, Dersime et Sivan sans doute.
- Maintenant que tu es réveillée, il va falloir te rapatrier en France, Jenny.
- Je ne peux pas, la guerre n'est pas finie. Mes copines sont toujours en guerre.
- Jenny, les docteurs disent que tu ne pourras plus tenir un fusil, ton épaule a souffert, tu as une plaque métallique pour tenir les os. Quand une partie sera ressoudée, il te faudra peut-être une greffe osseuse.
- C'est si grave ?
- Non, la balle aurait pu te toucher à la tête. Tu t'en sors bien, mais il y a quand même du boulot. Tu vas voir un docteur, il te dira la même chose. Ils disent qu'il faudra peut-être recasser pour que ton épaule se soude correctement ? Tu en as pour un an au moins.

Jenny était abasourdie, tout se mélangeait dans sa tête, la guerre était finie pour elle. Qu'allaient devenir les filles ? En même temps, elle eut honte d'avoir ces pensées. Le Kurdistan n'avait pas attendu Mademoiselle Canuto pour se défendre. La colonelle allait en former d'autres, des soldats d'élite portant une culotte.

- Tout est prévu pour le rapatriement ?
- Non, il fallait attendre que tu sortes du coma. Il était léger dû à un coup sur la tête. Une grande assurance rapatriement s'est proposée immédiatement, ils se font de la publicité. Quand tu es prête, ils organisent le voyage et on rentre. Je ne te cache pas que j'aimerais que des docteurs français voient ton épaule, même s'ils ont l'air performant ici. Je comprends que tu aies voulu te battre pour ce pays, ils sont gentils. Au fait, j'ai vu une fille hier, sortir de ta chambre. J'ai bien vu qu'elle voulait me parler, elle n'a pas osé, moi non plus. Brune, ta taille, c'est tout ce que je peux dire. Je crois que je dois te laisser, l'infirmière doit œuvrer. À tout à l'heure.
- Bonjour Mademoiselle, je ne parle pas le français. Je suis désolée, dit-elle en anglais.
- Je parle kurde et appelez-moi Jenny, ça me ferait plaisir.
- Ah ! On va bien s'occuper de vous, je vous le promets. J'ai des soins à vous faire, le docteur viendra vous voir. J'ai un numéro de téléphone, une de vos copines m'a demandé de l'appeler quand vous vous réveillerez, vous le permettez ?
- Oh oui, il me tarde de les revoir.

Jenny vit le docteur, il ne lui apprit rien d'autre de plus que son père. Une plaque métallique était vissée pour cicatriser les interventions chirurgicales sur les tendons et les muscles. Un deltoïde était très abîmé. Ce qui se ressoudera au niveau des os serait sans doute à recasser, rien de reluisant en prévision. Heureusement, l'artère sous-clavière n'avait pas été touchée. Cela aurait été fatal, le temps que Jenny accède à un centre hospitalier.

Le lendemain, elle eut la surprise de voir Rojda et Dersime rentrer dans sa chambre alors que son père venait de partir manger quelque chose.

- Salut Jenny, alors la fainéante, tu t'es réveillée, annonça la riante Dersime.
- Oh les filles, je suis contente de vous voir, racontez-moi tout. Non, Rojda toi, comment tu vas, tes parents tiennent le coup ? s'exclama-elle tout en essayant de se redresser pour leur faire la bise.
- Ils vont, ils ne savent pas s'ils doivent m'en vouloir d'avoir entraîné Azin dans cette horreur. Et je pense qu'ils ont peut-être raison.
- Rojda, ne pense pas ça, répondit Dersime, tout le monde était conscient du danger.
- Je sais bien, ils sont fiers aussi. Ils ont raconté à un couple de leur connaissance que leurs filles avaient délivré Hawija et que l'une d'entre elle était morte en héroïne pour sauver le pays. Ils vont recevoir une médaille pour Azin. Je ne sais plus trop quoi penser. Quand je pense à elle, je pleure sans m'arrêter, finit-elle dans un sanglot.
- Hawija, vous les avez tous eus ?
- Oui, le gros des troupes ennemi avait déjà pris une bonne claque dans la première offensive. Nous avons eu affaire à quelques isolés comme celui qui t'a touchée. L'enfoiré, je lui ai fait sa fête, celui-là. Nous avons récupéré des chars, des canons, le front a reculé d'une quarantaine de kilomètres, expliquait Dersime.
- Vous êtes venues, il y a une semaine. Sivan, elle va bien ?

223

- Non, on est bêtes, répondit Rojda, tu ne peux pas savoir. Nous sommes venues la semaine dernière avec Keyna. Sivan a disparu, deux jours après la victoire, aucune nouvelle. Nous avons peur qu'elle fasse une connerie. Keyna est repartie au front, elle te fait une grosse bise.
- Vous, qu'est-ce que vous faites ?
- Moi, j'arrête. Je ne sais pas encore si je reprends mon travail à l'école ou si je pars en Allemagne, annonça Rojda en rougissant. Ma mère et Azin savaient pour moi et Katrin. On a des cousins là-bas, Maman m'a dit qu'elle allait leur écrire.
- Moi aussi, j'arrête. Il faut tout reconstruire autour de Kirkouk, les silos, mais aussi l'irrigation et les différentes usines de production, je suis embauchée par la ville.
- Je suis rapatriée en France, on reste en contact, hein !
- Bien sûr, ton épaule, c'est comment ?
- Je ne sens rien, mais j'en ai pour longtemps, paraît-il. Je ne pourrai plus tirer au fusil, d'après ce qu'ils me disent, j'ai peur de ne plus pouvoir faire d'arts martiaux.

Son père rentra dans la chambre, Jenny lui présenta ses copines, puis elles partirent. Jenny allait revoir Rojda avant son départ, Dersime était partie pour Kirkouk démarrer sa carrière de technicienne agricole. La colonelle Serdar vint la voir, l'échange fut courtois et poli, mais chacune savait tout le respect qu'elles avaient l'une pour l'autre.

Un jour, ce fut Philippe qui rentra dans la chambre sans son père.

- Alors sergent, vous nous quittez ? J'ai bien aimé vous chapeauter. De tous mes clients, vous avez été ma préférée.
- Enchantée ! Et je ne suis plus sergent.
- Non, je suis sérieux, vous m'avez impressionnée, votre volonté, votre capacité à vous intégrer, je n'y croyais pas. Je vous félicite.

- Merci !
- Je pense que nous allons nous revoir.
- Moi, je ne crois pas, je ne pourrai certainement plus tenir une arme, je ne vois pas ce que je ferais ici.
- L'avenir nous le dira, votre père va arriver, je vous dis au revoir.
- Adieu !
- Vous ne m'avez pas traité de connard, aujourd'hui ! Et il partit, hilare, en fermant la porte sans que Jenny ne puisse répondre. Elle avait toujours l'impression d'être manipulé avec ce mec.

Un membre du gouvernement était passé lui dire que c'était déjà réglé avec l'Institut Kurde de Paris pour lui remettre une médaille du mérite pour services rendus à l'État kurde. Cela ferait plaisir au gouvernement de la remettre officiellement à Paris. Jenny lui donna son accord seulement si ses copines étaient du voyage. Elle lui demanda si le gouvernement avait des nouvelles de Sivan Aydin. Il répondit à la négative et avoua que des explosifs avaient été volés en même temps que la disparition de son amie et qu'ils étaient inquiets.

Son père lui donna un journal français pour la remettre dans le bain, le rapatriement était pour demain, elle appréhendait un peu, elle n'était partie que quelques mois, mais il lui semblait s'être passée une éternité. Elle apprit les méfaits de Boko Haram en Afrique et l'enlèvement de jeunes filles dans une école. Elle pleura et pleura encore.

Rojda vint lui faire un coucou avant son départ. Elle lui apprit qu'une femme kurde s'était fait exploser dans un attentat suicide contre l'État Islamique à Mossoul. Les autorités pensaient que c'était Sivan. Les jeunes femmes en étaient persuadées toutes les deux et pleurèrent à en avoir mal à la tête. Elle lui dit qu'elle partait en Allemagne, elles ne seraient pas loin. Elle avait eu la bénédiction de sa mère et Katrin l'attendait. Elle lui avait promis d'arrêter les missions, mais Rojda ne voulait pas lui imposer cela, elle verrait bien. Elle commençait à rêver de porter un enfant, avoir une petite fille qu'elle appellerait Azin. Les deux filles riaient et pleuraient.

Paris, deux mois après, Jenny avait le bras immobilisé, mais pouvait sortir. Elle était convoquée à l'état-major des armées. Un officier lui signifia sa révocation pour désertion. Il lui ordonna de se rendre à la caserne Valmorin, et de s'excuser officiellement auprès de son ancien régiment. L'officier lui présenta ensuite un monsieur Bertrand :

- Bonjour Madame, puis-je vous demander si vous avez prévu quelque chose pour votre avenir.
- Non, je viens d'arriver, je ne suis plus militaire, je ne suis plus bonne à grand-chose, en montrant son bras immobilisé.
- Madame, ce que je vais vous dire doit rester secret, je pense pouvoir vous faire confiance, après ce que vous avez montré.
- Oui, Monsieur, vous pouvez.
- Voilà, les chinois ont perdu des hauts dignitaires et des dirigeants de grands groupes industriels dans un attentat au Soudan. Les chinois vont s'intégrer à la coalition. C'est la première fois que les forces occidentales auront un rapport direct avec leurs armées.
- Je viens faire quoi, là-dedans ?
- On a besoin de personnes ayant des capacités de multilinguisme. Un de nos agents, Philippe, nous a fait un portrait très élogieux de votre aptitude à vous acclimater à une langue et un pays. Avec votre vision des combats sur le terrain, votre arabe presque maternel d'après mes sources, vous pourriez être très utile. Vous pensez pouvoir appréhender le chinois rapidement ?

- En fait, vous êtes en train de me proposer d'être une barbouze, dit-elle en pensant aux sous-entendus de Philippe à Erbil.
- Quelque part, oui, je vous propose un emploi à la DGSE dans les services appelés communément les *grandes oreilles* que vous avez peut-être croisés en Afghanistan. Il vous faudrait une formation accélérée et surtout apprendre le chinois. Tout cela compatible évidemment avec vos différentes opérations médicales et convalescences que vous aurez à subir.
- Je me suis essayée au chinois, il y a sept ou huit ans, avant de rentrer à l'armée. J'y arriverai, surtout coincé dans mon lit et si vous me donnez les moyens.
- Vous les aurez. Vous me donnez la réponse dans quelques jours, je vous donne ma carte. Nous vous laisserons étudier le chinois. Quand vous vous sentez prête, vous faites la formation.
- Je passerai ma vie avec des écouteurs sur les oreilles ?
- Une petite partie oui, mais le gros du travail sera l'analyse des documents trouvés sur un théâtre d'opérations, ou encore celle des traductions officielles.
- J'accepte, je suis votre femme. Il me faudra des vacances en chine.
- Philippe ne nous a pas menti, vous êtes une personne de caractère, répondit le monsieur Bertrand en riant.
- Merci.
- Votre première consigne, elle sera permanente, c'est le secret absolu, évidemment. Vous basculez dans un autre monde.
- Oui, Monsieur, je comprends.
- Officiellement, vous n'êtes plus militaire, Madame Canuto, reprit le colonel de l'Armée de Terre, vous devez suivre les

227

démarches administratives et aller à Nancy, voir votre ancien régiment. À vos frais !

- Oui, mon colonel. J'y tiens aussi.

Jenny sortit du ministère en ayant signé quelques papiers pas très reluisants. Reconnaissance de désertion, dégradation, révocation du corps des sous-officiers. Quelques semaines plus tard, elle allait tomber sur un reportage dans un journal qui entrevoyait l'avenir mondial.

Jusqu'au Vatican, le Pape parlait de cette sorte de 3e guerre mondiale contre cette menace.

Elle reçut une lettre, envoyée à Rojda, qui l'avait fait suivre. Elle était partie du Kurdistan, deux semaines, auparavant.

Ma Jenny

Quand tu liras cette lettre, je ne serai plus. Je suis heureuse de t'avoir connue. Je n'aurais pas été capable de faire ce que j'ai fait sans ton aide, ton appui, ta ténacité face aux hommes qui commandaient à Kirkouk. J'ai pu, grâce à tes techniques de méditation attendre les moments pour agir comme il fallait. À tes côtés, avec ce que tu avais décelé en moi, ma capacité à devenir une tireuse d'élite, j'ai rempli mes devoirs.

Je vais rejoindre mon petit garçon Samal, son honneur a été lavé. Mon mari aussi est vengé. Ne reste plus qu'à me laver, à moi et à toutes mes consœurs qui ont vécu l'enfer.

J'ai une grosse pensée pour notre petite Azin. Avec Dersime, elles arrivaient toutes les deux à m'arracher un sourire de temps en temps. J'espère qu'elle a connu le bonheur et le plaisir charnel avec son Ako. C'est tellement miraculeux entre deux personnes qui s'aiment, et c'est tellement monstrueux quand la force et la haine sont les moteurs de l'acte. Dans un cas, le ventre s'ouvre, accueille le plaisir, c'est l'éden. Dans l'autre cas l'enfer est là, le ventre se meurt à petit feu.

Le mien est prêt, il est entouré d'enfer. Il va cracher sur ces individus, je ne sais comment les appeler, même un cafard croisé avec un porc serait un ange face à ces monstres de l'enfer. Comme je te dis, mon ventre va leur cracher l'enfer sur leurs têtes, leurs sexes de démon. Je suis sur la place. Ils crient, ils tirent en l'air comme des marionnettes démoniaques. Ils disent partir en enfer si une femme les tue, l'enfer est déjà en eux.

Encore merci, Jenny, pour tout, juste le temps de glisser la lettre dans une boîte et je vais m'approcher de mon devoir. Je donne mon ventre à toutes celles qui n'ont pu le laver de leurs souillures.

إن شـاء الله   (Inch'Allah)

Adieu, Jenny

Sivan

Jenny reposait cette lettre en larmes.

Épilogue

Hormis madame la colonelle Serdar que l'on pourrait relier à un personnage existant, commandant du 2e Bataillon en 2014, essentiellement composé de soldats féminins peshmergas, réel lui aussi, toute ressemblance avec des personnages existants ou ayant existé ne serait que pure coïncidence. Le caractère de la colonelle de mon roman, la façon de voir son pays, de commander son bataillon n'est que pure invention et n'a aucune ressemblance avec madame l'officier en place à Sulaymaniyah à l'époque de mon livre.

J'ai pris des libertés en ce qui concerne la chronologie des évènements, à la fois en Afghanistan et dans la Région autonome du Kurdistan.

En effet, la situation géopolitique de l'Afghanistan lors de mon récit est plus proche de l'année 2011, le dernier militaire français est parti de la Fob Tora en juillet 2012.

L'état des forces en présence du Kurdistan, de l'Irak et de l'avancée des djihadistes de Daech, en 2013 dans mon récit, est plutôt contemporain de l'année 2014 et début 2015. Abou Bakr al-Baghdadi a proclamé le califat de l'État Islamiste à Mossoul le 29 juin 2014.

Si vous désirez plus d'infos sur cette aventure,
je vous invite à aller sur le blog
http://youngladies-ak47.over-blog.com
Si vous désirez mettre quelques commentaires sur cette histoire,
je vous en remercie d'avance.

L'auteur

233

Table